Gabriele Napierata • Des Hasens Pfeffer oder Elisas Suche …

Gabriele Napierata

Des Hasens Pfeffer
oder
Elisas Suche nach dem großen Huhn

AUGUST VON GOETHE LITERATURVERLAG

FRANKFURT A.M. • WEIMAR • LONDON • NEW YORK

Die neue Literatur, die – in Erinnerung an die Zusammenarbeit Heinrich Heines und Annette von Droste-Hülshoffs mit der Herausgeberin Elise von Hohenhausen – ein Wagnis ist, steht im Mittelpunkt der Verlagsarbeit. Das Lektorat nimmt daher Manuskripte an, um deren Einsendung das gebildete Publikum gebeten wird.

Bibliografische Information
der Deutschen Nationalbibliothek

Die Deutsche Nationalbibliothek verzeichnet diese Publikation in der Deutschen Nationalbibliografie; detaillierte bibliografische Daten sind im Internet abrufbar über http://dnb.d-nb.de.

Die Autoren des Verlags unterstützen den Bund Deutscher Schriftsteller e.V., der gemeinnützig neue Autoren bei der Verlagssuche berät. Wenn Sie sich als Leser an dieser Förderung beteiligen möchten, überweisen Sie bitte einen – auch gern geringen – Beitrag an die Volksbank Dreieich, Kto. 7305192, BLZ 505 922 00, mit dem Stichwort „Literatur fördern". Die Autoren und der Verlag danken Ihnen dafür!

Lektorat: Susann Harring
Umschlagbild: Gabriele Napierata
Illustrationen Innenteil: Gabriele Napierata

Websites der Verlagshäuser der
Frankfurter Verlagsgruppe:

www.frankfurter-verlagsgruppe.de
www.frankfurter-literaturverlag.de
www.frankfurter-taschenbuchverlag.de
www.publicbookmedia.de
www.august-goethe-literaturverlag.de
www.fouque-literaturverlag.de
www.weimarer-schiller-presse.de
www.deutsche-hochschulschriften.de
www.deutsche-bibliothek-der-wissenschaften.de
www.haensel-hohenhausen.de
www.prinz-von-hohenzollern-emden.de

Gedruckt auf säurefreiem, alterungsbeständigem Papier, hergestellt aus chlorfrei gebleichtem Zellstoff (TcF-Norm).

Printed in Germany

ISBN 978-3-8372-1259-4
ISBN 978-0-85727-191-4

Ein Unternehmen der Holding

FRANKFURTER VERLAGSGRUPPE

AKTIENGESELLSCHAFT

In der Straße des Goethehauses/Großer Hirschgraben 15

D-60311 Frankfurt a/M

Tel. 069-40-894-0 • Fax 069-40-894-194

E-Mail lektorat@frankfurter-literaturverlag.de

Medien- und Buchverlage

DR. VON HÄNSEL-HOHENHAUSEN

seit 1987

Auf ein Wort – vor dem Vorwort

Dem Pfeffer bedeutet der Hase nichts, doch für den Hasen – so sagt man – ist der Pfeffer ein wahres Schreckgespenst. Ist er erst einmal gestreut, muss der Hase niesen und wenn der Hase niest, kann er nicht rechtzeitig fliehen. Dem Jäger, der den Pfeffer verstreute, ist dies nur recht, denn so kann er das Wild besser erlegen. So fürchtete der Hase den Pfeffer seit der Erfindung des Schrotgewehres, und floh, lief im Kreise und schlug Haken oder aber tat andere, gar absonderliche Sachen, sobald er die körnige Gefahr aus dem langen Prügel roch.

Vorwort

Dem schwarzen Bilsenkraut haftete immer etwas Verbotenes an. Und in der Tat ist es ein verheerendes Kraut, welches mit anderen Zutaten, oder auch alleine, über Jahrtausende hinweg verwendet wurde und nun heute fast völlig in Vergessenheit geraten ist. Das Kraut verfügt über betäubende und halluzinogene Eigenschaften und ließ Menschen Dinge sehen, die sonst nicht vorhanden waren, verfremdete eine vorher vertraute Welt, verursachte, dass Menschen sich in gehörnte Bestien[1] – in Geweihträger – verwandelten und ihr Gegenüber auch nur noch als solche wahrnehmen konnten.[2] Dinge, die gegen Naturgesetze verstießen, geschahen und oftmals war dieser letzte Blick auf etwas, das nicht sein durfte, auch das letzte Geleit in den Tod.

Starben die Menschen nicht, sondern überlebten, so galten die Ärmsten zumindest als verrückt. Eine leichte Vergiftung durch die Droge reichte da schon aus, um sich, mit einem frisch gewachsenen Geweih versehen, im allerschlimmsten Alptraum wieder zu finden aus dem es keinen Ausweg gab. Der Irrsinn war ein hoher Preis für den Genuss.

Wirkliches Hexengelichter wusste um die Wirkung des Krautes, wusste, dass diese Pflanze tödlich giftig wirkte, und nutzte es trotzdem für Zaubertränke und Zaubersprüche. Denn Hexen vermochten durch die Beimischung von schwarzem Bilsenkraut in ihre Zaubertränke, auf ihren Besen durch die Lüfte zu fliegen.

Das schwarze Bilsenkraut besitzt vielerlei Namen. So nennt man es unter anderem Schlafkraut, Tollkraut, Hühnertod, Götterpflanze, Götterbohne, Saukraut, Zahnkraut, Dolldill, Apolloniakraut,

---

1 Die große Enzyclopädie der Kräuter/Anbau. Pflege. Verwendung. Jessica Houdret, Kosmos, Schwarzes Bilsenkraut. S. 163.

2 http://dewikipedia.org/wiki/Schwarzes_Bilsenkraut

Zigeunerkraut, Hexenkraut, Hexenpflanze oder auch Teufelsauge, denn stets brachte man das stinkende Gewächs mit dem Teufel in Verbindung.[3] So sagte man: Koste nur vom Teufelsauge und es dauert nicht lange und es klopft der Gehörnte mit seinem Pferdefuss an die Türe. Bilsenkraut wurde oftmals für Giftmorde eingesetzt.[4]

Selbst dem Pils wurde das Bilsenkraut noch im 15. Jahrhundert beigefügt. Zum einem um die Rauschwirkung zu erhöhen, zum anderen um die Haltbarkeit des Bieres zu gewährleisten. In Zeiten der Not und des Hungers mischten die Müller Bilsenkraut unter das Mehl, hauptsächlich um das knappe Mehl zu strecken. Brot wurde daraus gebacken, Brot gegen den Hunger und für jeden, der das Mehl bezahlen konnte und essen wollte, so dass auch das Kleinkind schon Hexen am Fenster vorbeifliegen sah.[5] Wen verwundert es da noch, dass in den dunklen Zeiten des Mittelalters so viele mutmaßliche Hexen und vermeintliche Gehörnte verbrannt wurden.

Doch dem Bilsenkraut ist auch eine positive Seite abzugewinnen. So wurde es noch vor wenigen Jahrhunderten zur äußeren Anwendung empfohlen. Die Zahnärzte in der damaligen Zeit verbrannten den Samen des Krautes, um ihre Patienten durch die Dämpfe vor dem bevorstehenden Eingriff schmerzunempfindlich zu machen.[6]

---

3 Lexikon der Heilpflanzen und ihrer Wirkstoffe, Birgit Frohn. Weltbild. S. 113 ff.

4 Steinbachs „Großer Pflanzenführer“. Weltbild. S. 150.

5 http://www.magicgardenseeds.de/HyO02.

6 Die große Enzyclopädie der Kräuter/Anbau. Pflege. Verwendung. Jessica Houdret, Kosmos, Schwarzes Bilsenkraut. S. 163.

Auf ein Wort – nach dem Vorwort

„Des Hasens Pfeffer oder Elisas Suche nach dem großen Huhn" ist eine Geschichte über die Eifersucht zweier Schwestern aufeinander, deren Hass bis in den Tod reicht, und über die Flüchtigkeit des Lebens sowie eine Warnung vor der Sucht jeglicher Art. Das Leiden der Hasen, das Ei und der ewige Versucher – der Jäger – sind eine Parabel auf die beiden Mädchen und ihr Leben. Das abgrundtief Böse – der Teufel in seinen verschiedenen Gestalten – hält die Versuchung wie eine Drohung in seinen Händen, für den willigen Empfang bereit.

Die beiden Schwestern Martha und Elisa leben im noch jungen 19. Jahrhundert, in England, ganz in der Nähe von London, in der Zeit der ersten Gaslaternen. Sie wachsen in einem reichen Haushalt auf, in dem die Geburten von Mädchen kein Makel sind und in dem ein Stammhalter nicht dringlich gewünscht wird. Trotzdem führen die beiden Mädchen kein schönes Leben. Stattdessen machen sie sich im Kampf um die Liebe der Eltern und im Neid aufeinander das Leben zur Hölle, so lange, bis die ältere Schwester Martha an Diphtherie stirbt. Elisa erkrankt ebenfalls, überlebt und wird durch die Heimsuche des Geistes ihrer Schwester geläutert. Durch die vermeintliche Endgültigkeit des Todes ihrer Schwester und deren Erscheinen zur nächtlichen Stunde sieht sie endlich ein, wie sinnlos all die Streitereien zu Lebzeiten dieser gewesen waren. Sie ist erschreckt und verwirrt über ihre Gefühle und empfindet tatsächliche Trauer über den Verlust. Wie bei dem Hasen, der den Pfeffer bereits riecht, der durch die Hand des Jägers gestreut werden wird, flüchtet Elisa vor dem Leben, getrieben von dem Geist der Schwester, lässt alles los, was ihr vormals so wichtig war, und verlässt noch in der Nacht das sichere Zuhause. In Elisa erwacht die fixe Idee, wenn sie ihre Martha findet, dass diese auch wieder am Leben sein wird. Sie will die Uhr des Geschehenen wieder zurückstellen. Zwischen

Wachen und Träumen begibt sich Elisa auf die Suche nach der Toten, erliegt den Versuchungen ihrer Verführer, die sich, als Fabelwesen getarnt, ihr in den Weg stellen, verfällt letztendlich der Sucht zum schwarzen Bilsenkraut und tanzt so immer weiter zwischen Erde und Himmel, auf einem immer dünner werdenden Seil, so lange bis dieses letztendlich reißt, erblickt schließlich das große Huhn, mit all seinen Wundern, und verändert sich dabei für immer.

In vielen Kulturen steht die Farbe weiß für Trauer und den Tod. Elisas Suche nach ihrer toten Schwester ist auch die Suche nach dem großen Huhn, welches sich schließlich in seinem strahlend weißen Federkleid präsentiert und für die Allmacht der Göttlichkeit und den Tod steht.

Geschwisterliebe

Geschwisterliebe, Geschwisternot.
Am Ende sind sie alle tot.

Was man im Leben nicht findet,
sollte man im Tode auch nicht suchen.

Denn es sind nicht nur die himmlischen Stimmen,
die in unseren Ohren wie der Engel Posaunen klingen.

Und höret ihr sie dennoch,
so lasset sie rufen,
lasset sie nur rufen.

(Sammelsurium)

Die Augen des ewig Schauenden glitten von dem heimeligen Licht der Gaslaternen ab, wanden sich durch immer neu entstehende, ebenso windende Schatten – einem dunklerem Abbild der im Wind wippenden Äste und Zweige naher Bäume –, glitten weiter durch Vorgärten mit Kräutern und bestellten Beeten, schoben sich in den nächsten nächtlichen Schatten einer Gaslaterne und blieben schließlich an der steinernen Einfassung eines hölzernen Portals hängen. Bevor die unsichtbaren Augen auch noch durch das Holz der Türe wie Butter quollen, um ihren ruhelosen Weg fortzusetzen, sah man für einen kurzen Moment – in ihrem offenbarenden Schatten – die spitzen Enden des Gehörnten aufblitzen. Ein Besucher war erschienen, der sich lieber in der Verborgenheit suhlte und im Geheimen seine Saat ausgab. Doch dieser Besucher war nicht der Einzige, der das, was geschehen sollte, mit einigem Interesse verfolgte.

In einer Zeit, in der der Tod mit gleichmütiger Miene über die Schulter der Gebärenden schaute und das Kindbettfieber als ein gefälliger Helfer des Todes galt, zwängte sich Elisa ins Leben. Sie drückte, drängelte, drückte und beanspruchte, stürmte gegen den hinderlichen Damm an, der das Nichtleben vom Leben trennte, zerpflügte, zerschnitt, riss ihn in Stücke – von brennendem Schmerz begleitet und von dem gequälten Jaulen der Mutter unterstützt –, vereinnahmte diesen einmal eingeschlagenen Weg (wenn auch als Zweite), nahm ihn, bezwang die Barriere gänzlich und flutschte dann hinaus wie ein Geschoss; nur um zu beweisen, wie leicht doch alles sein konnte, wenn man sich nur beharrlich genug verhielt.

Letztendlich: Elisa war angekommen und harrte aus, an Ort und Stelle, in diesem Zuhause – saß nun dort fest wie klebriges Ohrenschmalz im Gehörgang.

Der Neuankömmling indes quiekte seinen ersten Atemzug in ganz bezaubernder Weise. Übergroße Augen und forsche, eilende Hände von Erwachsenen sicherten das Geschlecht, weiche, geschürzte Münder gurgelten laute, laue Worte des Entzückens – und keinerlei Enttäuschung war hörbar zu vernehmen. Elisa war und blieb eine *sie*, da war nichts dran zu deuteln, und diese *sie* bezirzte und heimste mit sofortiger Wirkung und mit Hilfe ihres blinden, aufblühendem Lächelns jeden der Umstehenden für sich gleichermaßen ein. Mit ihrem Dasein war „das Zuvor" beinahe völlig ausgelöscht und wenn es zu diesem Zeitpunkt doch noch nicht vollständig und zur vollen Gänze geschehen war, so durfte der letzte Rest davon gewiss in absehbarer Zeit, durch ihren bloßen Verbleib auf diesem Erdball, auch noch vergehen.

Schmerz wurde beiseite geschoben. Die Mutter vergaß zu schnell. Diese Art von Gehirnwäsche erfand nicht das kleine Ding, das in die Welt gespuckt worden war, jenes Ding, welches atmete und atmete – Atemzug für Atemzug – und auch nicht gedachte, damit aufzuhören. Diese Art von Amnesie erschuf das Leben ganz von alleine.

Vielleicht lag es aber doch nur an dem Blinzeln – Zuckungen halbherzig zusammengekniffener Lider, Lider, die an die natürliche Pelle einer Leberwurst erinnerten – oder an dem Hindurchsickern eines vollständigen Satzes milchgetrübter, blauer Augen, unterstützt noch von einem Komplet allzu eifrig winkender Wimpern, die den spindeldünnen, langen Beinen eines Weberknechtes in einer Ecke des Zimmers den Rang abliefen, oder aber an dem Lächeln unkontrolliert zuckender Mundwinkel – gar komische Verzerrungen des niedlichen Mundes, jener unerbittlich kneifenden Andockstation von Brustwarzen, der sich darauf verstand, wie ein eiserner Schraubstock zuzuschnappen, und quetschte und quetschte, bis endlich das hervorquoll, was gefordert war. Heimatschaffende, körperwarme Milch und jene süße Schwere, die die letzten hartnäckigen Überbleibsel des Zuvor mit sich fortschwemmte und das Vergessen noch fester zugreifen ließ. Die erbeutete Milchbar, eine dankbare Beute jedenfalls, schmolz dahin, löste sich auf in nichtige *Duuduus*, in *Gaaagagassss* und *Dutidutsis* und *Ist sie nicht wunderschöööön.*

Der Winzling in den Armen der Mutter war das Neugeborene und er gab sich jetzt schon so mächtig. Wenn auch hier keine Königin das Licht der Welt erblickte, so war es doch zumindest eine Prinzessin. Die kleine Prinzessin wurde mit sofortiger Wirkung Herrscherin über den gesamten Hausstand. Und ihr Name stand ebenfalls fest, denn sie sollte schon so heißen, als noch gar nicht sicher war, dass ein weiteres Mädchen vom Storch verschenkt werden würde.

Elisa

Elisa gurrte und schob durch ihre Ankunft das ältere Geschwisterkind in eine sehr dunkle Ecke, schob es fort in eine Ecke, aus der dieses niemals mehr herausfinden sollte.

Dieser seltene Haushalt, dem es nicht nach Söhnen verlangte, ging nun auf wie ein gut gewärmter Hefeteig, ging auf in Elisas Willen. Klein Elisa besaß von Anfang an die Macht zum Vernichten und schon als Säugling nutzte sie diese Gabe gnadenlos aus und dass sie dabei nicht die Erste in dem Leben ihrer betuchten Eltern war, störte dabei nicht sonderlich. Die Natur hatte diesbezüglich sogar unterstützende Maßnahmen gefunden. Die Kleine war sehr stimmgewaltig und beharrte grundsätzlich auf ihr Recht. Es wurde eben so lange gebrüllt, bis man unterlag und nachgab.

Elisa war nun da und das andere, ältere Geschwisterkind verkam immer mehr zu einem nebligen Nichts. Blässe und Zaghaftigkeit waren in dieser Zeit nicht gefragt. Die Mutter war von Elisa wie besessen. Das in Milch und schmutzigen Windeln zu einer eintönigen, eindickenden Puddingmasse verkommene Gehirn der Mutter nutzte kaum Momente der Erinnerung und noch weniger eignete es sich in jener Zeit zum Nachdenken.

Allerdings geriet in die triste Masse eine weitere Zutat, und das eher aus Zufall als gewollt und bestellt. Diese neue Zutat schwappte und drückte gegen den fast erstarrten Pudding, rieb sich womöglich noch an der formgebenden Hirnschale etwas zu wohlig und fast ein wenig unanständig, kitzelte und nervte. Es war eine geheimnisvolle Zutat und so ganz ohne Absicht verstreut. Doch fand das Zufallsprodukt dennoch einen Weg, dem Pudding zu einer feineren Zusammensetzung zu verhelfen, jener fragwürdigen, grauen Substanz, die doch schon in einem sich wiederholenden Verhaltensmuster erstarrt zu sein schien. Es war das, was man Gewissen nennt, welches sich in die Masse so unverfroren hineingeschummelt hatte. Nicht zu sehen, nicht zu fassen, und doch erschien es in seiner Schlichtheit und drückte, drückte und drückte.

Das Gewissen der Mutter hatte sich unversehens wieder eingefunden und wollte so einfach auch nicht mehr verdrängt werden. Es wuchs schnell zu einer übermächtigen Blase in dem Pudding heran und die Mutter begann sich schließlich zu erinnern, dass es da tatsächlich noch eine Zweijährige, eine andere Tochter gab. Flackernde Bilder, die erschienen, verschwanden und plötzlich wieder da waren. Und so nahm sie sich des vergessenen Kindes an.

Doch diese Momente waren erschlichen und diejenige, der jene kurzen Augenblicke gestohlen wurden, fuhr empört brüllend, als würde sie es geradezu riechen, dass man sie betrog – ihr somit wertvolle Zuwendung abhanden kam und auf empörende Weise an eine andere verschwendet wurde –, aus dem Schlaf hoch und nahm wieder in Besitz, was ihr gehörte.

Dieses Kleine dort in seiner Wiege hatte ein kleines, enges Herz und es sollte im Laufe ihres Lebens auch nicht viel größer werden. Dort in diesem kleinen Organ war kein Platz für eine Schwester, dort war nur Platz für eine Person, dort war nur Platz für Elisa. Hätte man damals schon über die Möglichkeit verfügt, den Menschen zu durchleuchten – alle hätten es gleich sehen können, wie gering und verkümmert diese kleine Blutpumpe doch war. Elisa empfand kein Mitleid. Sie wollte der Mittelpunkt ihrer Welt sein und duldete keine Götter neben sich.

Nannte man in ihrer Gegenwart den Namen ihrer Schwester, oder auch den von jemand anderem, der die Aufmerksamkeit von ihr ab- und auf sich lenken konnte, so blieb das Herz klein und knorpelig und krümmte sich sogar immer mehr der Kleinlichkeit entgegen, zog sich zusammen und schrumpfte um ein Vielfaches mehr, wurde hart, blieb hart und entzog sich so der Wirklichkeit, entzog sich einer Gerechtigkeit, schrumpfte sogar noch um ein Quäntchen, unter dem Blick aufmerksamer, beobachtender Augen. Ein Wunder, dass Elisa bei diesen Vorgängen noch etwas von ihrem Herz blieb, was man als solches benennen konnte. Und es gab in der Tat Augen, die sahen, die erkannten und die bereits wussten, dass die Zeit noch nicht reif war, um zu handeln. Diese Augen sahen auch, was in Elisas Brust geschah, wenn man ihren Namen nannte und ihr den Mittelpunkt aller Aufmerksamkeit zur Verfügung stellte. Der kleine, unterentwickelte Klumpen Fleisch in ihrer Brust, vorher so faul und ungerührt, begann, mit aller Heftigkeit zu schlagen. Erregt versuchte der Muskel, sich aufzublähen, in strotzender Erwartung zu wachsen, pumpte und pumpte eifrig Blut, um an wahre Größe heranzukommen – auch dieses prägende Bild wurde mit reger Aufmerksamkeit vermerkt.

Elisa frohlockte weiterhin und Martha litt. Auch die zeitweilige, viel zu geringe Zuwendung der Mutter konnte nicht wettmachen, was bereits verdorben war. Diese trug an ihrer Last über die Jahre zu schwer und geriet immer mehr in den alten Sog, der jüngeren Tochter zu Willen zu sein. Die Tränen der älteren wurden nur zu gerne übersehen. Schluchzer, die den Ecken des Hauses zu entschlüpfen schienen, nahm man nicht mehr wahr. Denn bloße Hilflosigkeit über die eigene Einsamkeit wurde als Eifersucht gedeutet und geflissentlich übersehen. Die Mutter, der Vater, selbst die Verwandten, die ihre Besuche abstatteten, niemanden kümmerte es wirklich, dass die Ältere wie ein jammernder Schatten durch das Haus glitt. Niemand brauchte sich zu ändern in diesem Haus. Und die Zeit war noch nicht reif, um es geschehen zu lassen. So verwöhnte die Mutter nun wieder gänzlich ihr Nesthäkchen, übersah die große Tochter allzu gerne und der Vater hielt eifrig seinen Mund, um den vorgetäuschten Frieden zu erhalten.

Doch manche Nacht, wenn alles schlief – das Haus atmete schwer im ungestilltem Frieden –, dann schwebten sie heran, sachte und heimlich, oftmals ungesehen und geschickt aus höchsten Höhen;

oder doch nur durch puren Zufall versendet. Wie blind torkelten sie durch die Nacht, kündeten an, was noch geschehen sollte – jedes Jahr aufs Neue, sogar mehrere Male im Jahr – blieben hängen an harzigen Holzschindeln, klammerten sich an lehmige Vorsprünge, ließen sich nieder auf sandige und erdige Plätze und schmolzen doch nicht dahin, gaben sich scheu und verweilten für einen für sie so scheinbar wertvollen Augenblick, nur um bei dem nächsten Luftzug wie gehetzt wirkend davonzueilen. Sie waren federig, so weiß, und taten unschuldig, besaßen jedoch nicht die absolute Reinheit der Schneeflocken. Ein zarter Hauch von etwas Rotem, Vergangenem haftete ihnen stets an. Und wenn ein Wesen sie tatsächlich einmal erblickte, war es oftmals versucht, in Tränen auszubrechen. Auch sie kamen, wie ihre eisigen Gegenstücke, aus den Wolken. Doch ihr Kommen sollte nicht das Herz erfreuen.

Nein, stattdessen sollten sie mahnen.

Wer sie sah, dachte wahrlich daran, zu träumen. Das Herz wurde schwer und ein Kloß im Halse wuchs. Die bedauernswerte, sehende Kreatur wünschte sich alsbald, in ihrem Bett daheim zu ruhen, diese Fedrigen unter dem Kopfe zu spüren, eingenäht in klamme Stoffe, dort, wo sie hingehörten, um jeden Atemzug des Schläfers abzudämmen, seinem träumenden Gebrummel zu lauschen und dabei, weich und vom Schweiße verklebt, zu schweigen. Trotzdem flogen jene fedrig Freien lieber durch die Lüfte und spielten mit dem Verstand der Sehenden. Denn es waren ja nichts weiter als weiße Daunen, unschuldige Federn, die sich verirrt zu haben schienen und scheinbar planlos durch die Nacht dahin trieben. Planlose schwebende Federn, die reumütigen Zechern auf dem Nachhauseweg und sowieso gefährdeten Schlafwandlern während ihrer Wanderungen auflauerten, sich auf deren haarigen Häuptern niederließen, blanke, rote Nasen streiften, ebenso gerötete Wangen kitzelten, sich bei ihrem wilden Treiben zuweilen sogar in Gehörgänge und andere

Öffnungen verirrten, sich dort einnisteten und partout nicht mehr hinaus wollten.

Sie sollten in der Tat mahnen. Reue sollte sich in den Herzen der Sünder und Umtriebigen regen, denn was die weißen Ungezählten mitbrachten, waren Träume – Träume, so nass und so traurig wie endlose durchweinte Nächte – Nächte, so schwer wie Blei. Sie, die Ungezählten, die so federleicht waren und damit selbst kaum Gewicht auf die Waage brachten, trugen nie schwer an ihrer aufgebürdeten Last, brachen niemals auseinander, lösten sich nicht auf unter ihren gewichtigen, allzu schwammigen Mitbringseln. Doch trennten sie sich am Ende leicht von ihren Anhängseln, denn es schwebte sich ohne diese nur noch leichter davon.

Das Haus der Schwestern war in jedem Jahr immer wieder ein gerne anvisiertes Ziel. Denn wenn auch viele Jahre vergingen, im Haus veränderte sich wenig. Das Leid blieb an ihm haften und die ungezählten Fedrigen trieben, von der Leichtigkeit ergriffen, in ausgedehnten Federwolken zwischen den hölzernen Schindeln des Daches weiter hin und her, bildeten kleine, gemeine Knäule, fette Federwülste, rollten, kneteten sich gegenseitig und landeten, oftmals trunken und ergriffen vom eintretenden Schwindel, in der Regenrinne. Der Wind schien dieses Spiel zu lieben, denn nur er machte es möglich.

Doch wenn morgens die Sonne zaghaft aufstieg und sich die frühen Sonnenstrahlen aus der noch gähnenden Morgendämmerung wanden, war der Spuk schnell vorüber und nicht eine Feder, nicht eine einzige der Daunen zurückgeblieben, um von dem nächtlichen Geschehen Kunde zu tragen. Und auch die Träume schwanden, wenn die Schläfer sich erhoben. Sämtliche Träume waren ausgeträumt – auch dort, wo der Alb kräftig zugedrückt hatte. Vielleicht kniff noch das eine oder andere schlechte Gewissen, wenn man sich dennoch an seine Sünden vom Vortag erinnerte. Doch spätestens im ungehemmten Laufe des Tages folgte alles wieder seinem gewohnten Schlendrian. So ging es zu in der Welt und so geschah es auch in jenem Haus. Die Mutter liebte nur die eine, der Vater sah weg, das jüngste Töchterchen genoss ihr feines Leben und die Erstgeborene und Ältere ... Diese glitt nun gleich nach dem Wecken von ihrem Bett aus direkt ins Schattenreich.

Doch auch ein Schatten sollte einen Namen besitzen. Hätte man das Mädchen in seinem Schattenreich besuchen wollen und nach ihm gesucht, so hätte es auf den Namen Martha gehört.

Martha

Martha, lebender Schatten des Hauses, vergaß in den folgenden Jahren niemals etwas. Ihre Haut war zu dünn, sie zu sensibel, um die Vernachlässigung übersehen zu können und sie fühlte sich längst wund geschlagen von der Gleichgültigkeit und dem Mangel an Liebe. Trostlosigkeit bestimmte ihr Leben. So atmete sie zwar weiter, atmete trotz enger werdender, weher Brust die Gesamtheit der Trostlosigkeit ein und atmete diese demnach, ohne den geringsten Lichtblick und auf eine wirklich einschneidende Veränderung hoffend, auch wieder aus.

Die Tage gingen dahin und die Nächte ebenso, ein einziges böses Einerlei. Dem Tag folgte die Nacht und die Nacht dachte gar nicht daran, sich gnädig zu zeigen. Denn Träume wollten geträumt werden und Federn wollten auf Reisen gehen, wollten in ihrer Schattenwelt fliegen. Und immer, wenn die Federn kamen, plagte sie stets derselbe Traum und der Alb, dieses fiese, fette, bleichbäuchige, nicht zu fassende Wesen, hieb in seiner ungezähmten Gehässigkeit dazu noch kräftig auf sie ein.

Der Traum entartete immer öfter, wurde übler, verirrte sich ganz, und von der Natur geschaffene Hasenscharten erschufen sich nun von allein, aus taumelnden Hühnerfedern. Im Traum gefangene Hasen, immerzu mümmelnde Hasenscharten, schreckhafte, flackernde Augen, zitternde Schnurrhaare und natürlich die Hasen selbst, die in ihrer einsamen Erstarrung verharrten. Die Hasen hielt es wie unter Zwang an Ort und Stelle. Hasen, mit jeweils einem Lauf bereit zur Flucht. Hasen, die zitternd dastanden, ihre Furcht vor dem Pfeffer und seinen Auswirkungen auf die empfindlichen Augäpfel bis in ihre weißen Blumen (Schwänze) spürbar, dem Brennen, dem Niesen, der Blindheit; der Drang zu rennen, in Wildheit Haken zu schlagen – wehrlos ausgeliefert, der Wunsch zu entkommen und doch starr und fast unbeweglich in Marthas Welt gefangen, in ihren Hasenträumen gebannt, allein an eine einzige Aufgabe gefesselt zu sein, wuchs sich aus zu dem Inbegriff von Unerträglichkeit. Doch der übergroße Pfefferstreuer mit dem gefährlichen Inhalt – der Jäger mit seinem Schießgewehr und tränenreicher Ladung – schwebte weiter über allen Köpfen, denn des Hasens Pfeffer war ja nicht nur ein Hasen-Albtraum, sondern auch Marthas Alptraum.

Zwei verschreckte, zwei verstockte Hasen, das waren Marthas wahre Gefährten – ihre alleinigen, und das auch nur in der Nacht. Niemand blieb ihr sonst. Diese beiden jedoch füllten jeden ihrer Träume mit ihrer Anwesenheit auf. Ihre Gegenwart wäre ein positiver Aspekt gewesen und sie hätte sich vielleicht auch an deren nächtliches Erscheinen gewöhnen können, aber auch diese Traumgefährten schienen ihr durchaus nicht wohlgesinnt zu sein. Jedenfalls gaben sich die beiden in ihrem eigenen Elend Aneinandergeketteten so, als würden sie sich durchaus nicht zum Kuscheln eignen.

Wo Fell war, lockte Wärme und Weichheit, sollte man meinen, spürte man doch unweigerlich das Verlangen, zu streicheln und zu kraulen, Ohren lang zu ziehen, länger zu ziehen, noch länger zu ziehen, um diese dann ganz plötzlich loszulassen. Die beiden Hasen aber wirkten durch und durch verstörend auf Martha. Vielleicht, weil sie in deren Verhalten einen Spiegel für ihre eigene Welt wieder fand. Dennoch waren es letztendlich nur zwei Hasen, immerzu in orangenes Licht getaucht, von Bäumen mit kargem Wuchs umrandet, umrundet – eingeschlossen und in ihrem ganzen Verhalten begrenzt. Der eine überschlank und feinhaarig, immerzu auf dem Sprung, der andere, ebenso ein Hasenbein erhoben, aber mit zottigem Fell und stoisch in sich verliebt. Die Furcht vor dem Pfeffer war allgegenwärtig und sogleich hinderlich, um an ihrer einzigartigen Aufgabe mit bestimmender Aufmerksamkeit festzuhalten.

So standen sie aufrecht auf ihren krummen Hinterbeinen und stützten mit ihren Pfoten, das Leben in seiner scheinbar robusten Schale gefasst, balancierten mit blindem Eifer ein übermächtig großes Ei, welches zwischen ihnen auf seiner Spitze stand und ihnen mit seiner Riesenhaftigkeit die Sicht aufeinander versperrte, sodass sie sich niemals erblicken konnten, und zudem noch beinahe ständig ihren Pfoten zu entschlüpfen versuchte und dabei, trotz all seiner perfekten Schönheit, umzukippen drohte.

Die Anstrengung war den beiden Tieren anzusehen, keiner gab auf, beide setzten alles daran, das Ei aufrecht im Lot zu halten. Doch es war kein freundliches Miteinander, dass das Ei in seiner Lage hielt. Eher war es ein Zerren und Ziehen auf der jeweiligen Seite eines jeden Hasen. Ihre Pfoten waren auch keine rechte Hilfe, sondern eher ein Fluch. Die Krallen schabten über die glatte Fläche, fanden aber keinen Halt, der dauerhaft gewesen wäre. Feuchte Abdrücke von den nackten Ballen der Pfoten wurden von den Fellbüscheln dazwischen breit geschmiert und machten die Schale noch zusätzlich rutschig – andauernd drohte der Fall des Eies. Verständigen wollten die beiden hasenschartigen Starrköpfe sich nicht, in ihrer angesammelten Sturheit waren sie wahre Meister. Eisiges Schweigen schien das Ei zu umringen, welches doch Leben verhieß, aber durch ihr heftiges Gerangel um Halt immerzu gefährdet war – dem Ende nahe war. Ein Versagen, eine Zögerlichkeit, egal nun, auf welcher Seite, würde den endgültigen Bruch herbeiführen und alles Leben von innen nach außen kehren.

So ging die Zeit dahin. Tage zerflossen, Nächte lösten sich auf. Hasen schwitzten Hasenschweiß aus, kämpften auf der jeweiligen Seite des Eies mit ihren einsamen Entscheidungen, bis das längst überfällige Unglück geschah. Auf der Seite des feinhaarigen Hasen bildete sich, mit knirschender Plötzlichkeit, ein Sprung in der Schale, wie vom Teufel bestellt – das Leben entströmte seinem natürlichen Behältnis, war auch mit bittenden Blicken nicht mehr aufzuhalten, quoll aus dem Riss wie gelber Eiter.

Das Gelb und das Weiß des Eis flossen dahin, mischten sich, benetzten das Grün des Grases und sickerten in den Boden, bis dieser gesättigt war, bildeten auf ihm schließlich eine bereits gerinnende hellgelbe Lache. Erschreckt durch den Anblick, mit entsetzlich verzerrtem Gesicht, sprang der feinhaarige Hase in die Höhe, wollte seinen zottigen Kontrahenten warnen, um Hilfe bitten. Doch keine einzige Silbe erklomm seinen Rachen und schob sich unter der Hasenscharte, zwischen vorstehenden Schneidezähnen nach draußen ins Freie, um gehört zu werden. Statt zu rufen, musste der Übeltäter heftig niesen. Die Erschütterungen, hervorgerufen durch einen weiteren Niesreiz, erfassten den Leib aufs Neue. Die schweißigen Pfoten hielten krampfhaft, wie unter einem grässlichen Zwang, auch weiterhin eine Seite des Eies fest. Stumm litt der feinhaarige Hase, vom Niesen durchgeschüttelt, fast blind durch die tränenden Augen, und hielt aufrecht, was noch aufrecht zu halten war, obwohl dieser Akt längst keinem Sinn und Zweck mehr dienen konnte.

Jedes Mal, wenn der Traum an diese Stelle anlangte, erwachte Martha wie ein Karpfen auf dem Trockenen nach Luft schnappend und jedes Mal ging es ihr schlechter. Es kam der Tag, an dem sie nicht mehr die Kraft fand, ihr Bett zu verlassen. Sie schaffte noch nicht einmal mehr die kurze Strecke bis in ihre Schattenwelt. Nacht für Nacht blieb sie nun in ihren Träumen gefangen, und auch der Tag brachte keine wirkliche Verbesserung, obwohl sich tagsüber keine einzige Feder blicken ließ. Martha ergab sich dem Delirium. Sie siechte dahin. Trunken vom Nebel des Fiebers, schwamm sie nun in ihren Träumen, schwamm im Eidotter- und Eiweißgemisch, und hielt dabei doch nur die zerbrochenen Eierschalen in ihren Händen. Niemals mehr erblickte sie die beiden Hasenschartigen. Die Hasen waren fort. Denn der Pfeffer war gestreut worden. Der Bann war gebrochen und ein Tabu entehrt. Letztendlich verließ Martha die Kraft, ihre Beine hörten auf, die gelbe Flüssigkeit aus dem Bauch des Eis zu treten, und sie ertrank langsam im immer noch auslaufenden Leben. Martha, die Ältere, schnappte noch einmal nach Luft, bekam keinen Sauerstoff mehr in ihre Lungen, lief blau an und war bald darauf tot.

Der Tod schien endgültig zu sein. Die Krankheit hatte Martha aus ihrem Schattenland befreit und mit sich genommen. Martha war gegangen. Die ebenfalls an Diphterie erkrankte Elisa erholte sich langsam und überlebte. Die Überlebende aber verspürte zum ersten Mal so etwas wie einen feinen Stich in ihrem kleinen Herzen. Das schlechte Gewissen begann, den verkümmerten Muskel erst zögerlich, dann immer eifriger zu kneten. Sie bemerkte nun mit Erstaunen, dass auch ein Schatten, wenn er nicht mehr greifbar war, eine nagende Leere hinterlassen konnte. Und, dass die Mutter Elisa noch immer so vergötterte und sogar noch mehr als vor diesem ausschlaggebenden Schicksalsschlag anbetete, war dem genesenden Mädchen nun nicht einmal halb so viel wert, als zu Lebzeiten der Schwester.

Frühling: Der Herr im Karierten

Elisa spürte den Blick, der auf ihr ruhte, bevor sie zum Sehen überhaupt in der Lage war. Schlaftrunken wälzte sie sich auf die andere Seite. Ihre Bettstatt war ein Bild des Vorwurfs. Die Bettdecke feucht und verschwitzt, das Laken verrutscht, der Kissenbezug nass, durchgeheult. An der Schuld, noch zu leben, noch träumen zu können, während die andere zu nichts mehr fähig war und gar nichts mehr vermochte, daran trug Elisa, zumindest in ihrem halbherzigen Schlafe, schwer.

Der Geruch hing wie Bleigewichte an Ketten. Ihre Last, die verstorbene Schwester, füllte den Raum mit ihrer vergehenden Anwesenheit. Der Hauch verwelkter Blumen und deren Verfall füllten jene Dunkelheit des Raumes, die so gerne erhellt werden wollte, und weckte die Schläferin dort drinnen dennoch nicht zur Gänze, sondern verwob sich, verspann sich stattdessen mit deren unruhigen Träumen.

Das tote Kind indes entwich dem Raum nun, ließ die scheinbar ruhende Lebende in ihrem Bett zurück und schloss die Kinderzimmertür mit Bedacht. Diese Welt sollte dem toten Kind nicht mehr gehören. Für diese Nacht war es genug. Die tote Schwester ging abermals lieber fort. Das Mädchen im Bett wälzte sich in der Zwischenzeit weiter hin und her, grub sich tiefer ein in ihre Decken, Kissen, Laken, wühlte sich in die weiche Matratze – trotz der Hitze, grub sich fester ein in ihren enttäuschenden Schlummer und in ihren teuer erworbenen Kummer. Echte Reue begann, in Elisa zu wachsen. Bedauern schob sich, hob sich aus ihren Träumen, rekelte sich aus dem unruhigen Halbschlaf des Mädchens und ließ Elisa immer mehr erahnen, wie es nun war, ohne Schwester zu sein.

Martha gab es nicht mehr. Nun hätte man meinen können, dieser Umstand wäre von Elisa als eine glückliche Fügung des Schicksals begrüßt worden. Nichts anderes hatte sie sich schließlich immer gewünscht. Das eigene Überleben der schweren Krankheit und den Tod der ungeliebten Schwester hätte sie als einen regelrechten Sieg empfinden müssen, doch dem war nicht so. Elisas enges, kleines Herz begann, wirklich und wahrhaftig zu wachsen, und das überlebende Mädchen begann, ernsthaft zu trauern. Warum war sie nur immer so egoistisch gewesen? Warum hatte sie ihre Schwester nicht besser behandelt?

Die Schuld, den Tod der Schwester sogar herbeigewünscht zu haben, ließ Elisa keine Nacht mehr ruhig durchschlafen. Nacht für Nacht spürte sie nun fortan die Augen ihrer Schwester auf sich ruhen, wusste um die Gegenwart der Älteren in ihrem Zimmer. Doch Elisa vermochte sich nicht aus ihren quälenden Träumen zu lösen, konnte sich nicht von dem unruhigen Schlaf befreien, tauchte nie zur rechten Zeit in das erwachende, noch breiige Bewusstsein hinauf. Obwohl sie es gar nicht wollte, spürte sie den Verlust der Schwester fast körperlich und litt so stark, dass sie es eines Tages nicht mehr ertragen konnte. Sie erwachte aus der mit Träumen erfüllten Qual und raufte sich aus lauter Verzweiflung darüber die Haare, weil ihr die Erdennot trotz des Wachzustandes erhalten blieb.

Elisa begann, gegen ihre Zimmerwände zu laufen, rannte sich immer wieder den Schädel ein, bis ihr Kopf brummte und sie glücklich meinte, das Denken wäre ihr nun endlich entglitten. Und obwohl sie nun mit Kopfschmerzen am Boden hockte, purzelten die Gedanken weiter durch ihr geschundenes Hirn. Alles schien nur noch mehr durcheinander zu geraten. Könnte sie doch alles rückgängig machen, den Hass, die Missgunst. Ihr Herz füllte sich mit einem bitteren Tropfen der Erkenntnis. Warum hatte sie die Schwester nur nicht so lieben können, wie diese es verdient gehabt hätte? Auch jetzt noch, im Nachhinein, wo doch alles verloren war. Ehrliche Gefühle waren kaum zu erlernen, kaum zu greifen. Entweder waren diese vorhanden oder eben nicht. Aber Elisa wollte sich bemühen. Sie mühte sich wirklich unsäglich. Könnte sie Martha nur noch um Verzeihung bitten. Könnte sie die tote Schwester doch nur erreichen, über den Tod hinaus. Dann würde sie in der Nacht auch aus ihren endlosen Albträumen erwachen können. Davon war Elisa überzeugt. Sie würde aufstehen können, sich aus dem Schlaf schälen, und das zur rechten Zeit. Sie würde mit ihrer Schwester sprechen können, versuchen, nichts Böses zwischen sie kommen zu lassen, und vor allem würde Elisa sich entschuldigen.

So gingen die Schatten der Tage dahin und unzählige Nächte später, etwa zur Mitte jener dunklen Einheit, sollte ihr Flehen wirklich erhört werden. Sie träumte wieder von der toten Schwester und stritt sich sogleich auf das Heftigste mit ihr. Elisa erwachte davon irgendwann, riss sich los von der Zwistigkeit, weil sie ganz erbärmlich fror, zusammengekringelt wie ein nackter Wurm, lag sie blank und frei auf der Matratze. Sämtliche Decken, sämtliche Kissen, selbst das Bettlaken hatte man ihr genommen, gestohlen, sie lagen auch nicht neben dem Bett auf dem Boden, sondern hatten sich regelrecht in Luft aufgelöst. Statt ihrer abhanden gekommenen Habe fand sie ihre verstorbene Schwester vor, die vor ihrem Bett stand, still, stumm, mit großen, blanken Augen, vor Kälte starrend, Kälte abgebend. Das tote Kind schien aus dem Eis zu kommen. Doch öffnete es den Mund, als wäre es selbstverständlich, dass Tote reden. Die blassen Lippen formten Worte, die so klangen wie: „Finde mich." Der Leichnam schloss darauf fordernd den Mund. Bläulich schimmernde Lider wurden niedergeschlagen. Ein letzter Seufzer schob sich aus dem Mund, aus der schlaffen Kehle. Es klang so, als würde die Leiche mit Nägeln gurgeln wollen, um diese anschließend ihrem Gegenüber ins Gesicht zu speien. Das tote Kind drehte sich schließlich um, öffnete die Zimmertür und entschwand den Blicken der jüngeren Schwester.

Keine Zeit für Entschuldigungen, keine Zeit für die große Abbitte. Viel zu schnell war die Gelegenheit vorüber, die Schwester erneut fort. Das schlechte Gewissen allein blieb. Was konnte sie noch tun? Sollte sie der Schwester folgen? Es blieb nicht viel Zeit. Eile war geboten, wenn die Spur nicht erkalten sollte. Elisa stahl sich entschlossen aus dem Haus der Eltern. Eltern, die ihr Verschwinden noch nicht einmal bemerkten, als sie das Haus in Nachtzeug verließ. Die Eltern schliefen längst. Und das Schicksal hatte eine Gelegenheit geschaffen. Wenn tote Kinder sprechen konnten, dann konnte man sie auch wieder zum Leben erwecken. Der Gedanke hatte sich in Elisas Gehirn einnisten können, wucherte, begann auszuufern, stachelte sie zu Handlungen an, die ihr fremd waren, und sie war nun felsenfest von dieser Theorie überzeugt. Es ging hierbei gar nicht mehr nur um Entschuldigungen. Die Schwester vom Tod befreien, dafür sollte sie sorgen. Sie müsse sich demnach nur noch auf die Suche nach ihr begeben, dann würde sie ihre Schwester auch finden und an ihre Seite zurückbefehlen können. Dann würde schließlich alles gut werden. Sie wollte diese Chance.

Unvorbereitet für diese Reise, wie sie war, nur in der Nachtwäsche und Pantoffeln aus Holz an den bloßen Füßen, führte ihre Flucht aus dem erkaltenden Bett sie durch den schlafenden Ort, vorbei an verriegelte Türen, vorbei an geschlossenen Fensterläden. Die Nacht war in gemeinschaftlicher Einhelligkeit von den Bewohnern der Häuser ausgesperrt worden. Licht spendeten nur die neumodischen Gaslaternen, die man jetzt überall sah, Schatten lauerten in den Ecken und Winkeln, verfolgten Elisas Fortkommen mit sehnsüchtigen Blicken.

Eine einzelne Schneeflocke, so groß wie eine Hühnerfeder und seltsamerweise auch in der Form sehr ähnlich, segelte sacht gen Boden, traf einen hellen Flecken, von einer Laterne erzeugt, ruhte sich aus von seiner langen Reise, aus den Wolken kommend, und schmolz dahin. Es war Frühling. In seiner ganzen Zartheit begann sich der Beginn neuen Lebens zu strecken. Die Nacht war nicht leise. Käuzchen riefen, Ratten fiepten, Katzen kreischten, weinten wie kleine Kinder in ihrer Lust, die Gaslaternen surrten, entfernte Stimmen grölten und je näher sie dem Ende der Ortschaft kam, um so lauter und vielschichtiger wurde der Lärm. Elisa näherte sich der einzigen Schenke des Ortes. Hier schlief niemand, hier wurde in feuchter Fröhlichkeit gelärmt, gesungen, geschrieen und weiter getrunken, hier wurde gerauft, die Türe flog auf und volltrunkene Gäste, von Tritten angeregt, sausten durch den nun leeren Türrahmen gleich hinterher. Die Angeln der Tür quietschten. Jemand in der Schenke hatte ein Einsehen, huschte nach draußen. Die Tür schwang wieder zurück, verschweißte sich mit dem Türrahmen und alles direkt vor Elisas Nase.

Elisas Herz klopfte, hüpfte in wilden Sprüngen gegen ihre Rippen, suchte den Weg nach draußen. Sie würde durch die Tür schreiten müssen, um Fragen stellen zu können. Irgendjemand da drinnen müsste doch wissen, wo ihre Schwester war. Der Türknauf ließ sich so schwer hinunterdrücken. Die Tür weigerte sich ebenso, wollte nicht aufgehen, sie klemmte. War die Tür vormals leichtgängig gewesen, so zeigte sie sich jetzt in all ihrer Widerspenstigkeit.

Als Elisa die Tür wieder hinter sich schloss, war sie erschöpft. Sie schwitzte. Der Lärm nahm sie gefangen, benebelte, betäubte sie und ließ sie einen Schritt nach vorne taumeln. Wieder Augen, die auf ihr ruhten – viele Augen, so viele verschiedene, viel beweglichere Augenpaare als das eine Augenpaar ihrer Schwester, kein einziges totes Augenpaar zu entdecken. Doch diese Augenpaare hier waren nicht minder verschreckend, diese hier waren verschleiert, benebelt, vom Alkohol verfärbt. Schale Gerüche, karge Räumlichkeit, klare Linien ohne Schnörkel – Sprachlosigkeit.

Der Vorraum der Schenke war nicht gut besucht. Die Bodendielen des größeren, gleich angrenzenden Raumes bebten indessen, dort steppte der Bär, dort wurde getanzt, noch mehr gejauchzt, albern gejohlt – gefeiert.

Im Vorraum ging es gesitteter zu. Dort füllte der Wirt die Krüge bis zum Rand mit Bier. Nur zwei Herren waren zugegen. Ein Ziegenbock und noch ein größeres anderes Huftier. Eine Gans saß auf dem Tresen, verrenkte den sich windenden Schlangenhals, tauchte ihren Schnabel, versenkte den gesamten Kopf in einen bis zum Rand gefüllten Bierkrug. Es wurde gegurgelt, laut geschlabbert, gesoffen, Schaum quoll über den Rand, tropfte auf das Holz. Eine ausländische Kuh, gekleidet in der hiesigen Tracht des Landstriches, lief, beladen mit geleerten Krügen, floh buchstäblich aus dem angrenzenden, lärmenden Raum, eilte zum Tresen, warf ihrem Chef einen besonderen Blick zu, befreite sich von ihrer klirrenden Last und lehnte sich, leise, vorwurfsvoll muhend, an den Tresen. Die geteilten Klauen griffen nach einer Schachtel, suchten in dieser nach einer jener sehr schmalen, sehr kleinen, in schwarze Deckblätter eingehüllten Zigarren, Feuer entflammte heiß und hell, Rauch wurde zufrieden inhaliert – der Luft zurückgegeben. Der schlaksige Herr, im karierten Frack, fing Elisas Blick auf und grinste verschämt. Der Ziegenbock, ihm gegenüber, fasste seinen Spazierstock fester und begann zu meckern. „Für Kinder keinen Zutritt. Hinfort mit dir. Hoppla die Hopp. Wird's bald!" Die afrikanische Bedienung beugte sich nach vorne, hinter dem dünnen Stoff begann der Busen zu wogen, versuchte sich Fleisch über den Ausschnitt des freizügigen Kleides zu schieben. Die Kuh stöhnte genervt auf, schnappte nach Luft, verschluckte sich prompt an dem Rauch ihres Zigarillos und konnte ihre Stimme nur noch in gebrochenen, leicht schwankend wirkenden Fragmenten vereinen. „Sein du etwa aus dem Bett gefallen? Sein das Nachthemd?“ Die Klaue mit dem Zigarillo zeigte auf Elisas Bekleidung. „Ab schon, nach Hause. Eltern suchen schon dich.“ Der Eber, ein behäbiger Wirt, grunzte nur, warf seiner Bedienung einen wohlwollenden Blick zu und zapfte ein neues Fass an.

Elisa stand da, atmete, roch und atmete Saures und Rauchiges, hustete verhalten und blieb sonst stumm.

Der Ziegenbock murrte: „Bist du immer noch da? Schlag nur keine Wurzeln. Verschwinde, geh!“

Der Herr im Karierten sprang für das fremde Mädchen in die Bresche. Einschmeichelnd meinte er: „Kleine! Ist dein Vater hier? Sollst du ihn für deine Mutter nach Hause bringen? Kenne ich ihn? Soll ich ihn für dich herholen. Sag schon, wenn suchst du?“

Elisa schwieg, begann, ihre Arme wie Efeuranken um sich zu winden, massierte den Boden mit der Schuhspitze.

„Haben keine Angst“, meinte die ausländische Kuh, deren Mutterinstinkt scheinbar erwacht war. „Netter Herr hier, dir deinen Vater besorgen.“ Die vom Rauch umwobene Klaue deutete in Richtung des karierten Herren. „Du nur sehen!“

Elisa stampfte mit den Fuß auf. „Herrjemine. Ich brauche doch nicht noch einen trunksüchtigen Vater! Der, den ich habe, liegt seit Stunden daheim im Bett und schnarcht. Nein, nein! Ich suche meine Schwester und die ist tot!

Verwunderte, entsetzte Blicke. Es wurde nichts mehr gesagt. Die meisten der Anwesenden entfachten jäh einen nicht mehr bremsbaren Eifer für ihre jeweilige Tätigkeit, gingen nahezu in übertriebener Geschäftigkeit auf: Der Wirt zapfte wie ein Weltmeister Bier. Die afrikanische Kuh belud sich mit einer neuen, klirrenden und schwappenden, frisch und feucht befüllten Pracht, entschwand schwankend mit wiegenden Hüften im Nachbarraum, in dem sie sogleich grölend begrüßt wurde. Die Gans ertrank weiterhin in ihrem Bierkrug und der Ziegenbock meckerte mit wahrer Hingabe in seinen vom Bierschaum durchnässten Ziegenbart.

Der Einzige, der wirklich zu verstehen schien, das war der Herr im Karierten. Er bedachte das Mädchen mit einem forschenden Blick. „Willst du um mein Wissen spielen?“, brach es aus ihm heraus. Er deutete mit dem Huf auf sich, schwenkte das knöcherne, mit Stoff betuchte Vorderbein in Richtung muffelnden Ziegenbock, ließ den Huf sinken und schloss Elisa in seine etwas verschämt wirkenden Blicke mit ein. Unter seinem Fellgesicht schien er gar zu erröten. „Ich liebe die Abgeschiedenheit, meide gerne die Menge. Was hältst du von einer Runde Mau Mau in kleiner Gesellschaft? Nur so zum Spaß und auch nur, um die Langeweile zu vertreiben. Vielleicht kommt ja etwas Wissenswertes für dich dabei heraus.“ Sein Blick löste sich von ihrem Gesicht und versenkte sich stattdessen im Ungewissen, verträumt sprach der Herr im Karierten weiter: „Vielleicht können wir dir ja sogar etwas Gutes tun.“

Obwohl ihr mehr als unbehaglich zu Mute war, konnte sie der Verlockung, den richtigen Weg zu ihrer Schwester zu finden, nicht widerstehen. Was sollte sie auch sonst unternehmen? Sie musste die Fährte ihrer Schwester wieder finden. So folgte sie dem alten Meckergreis und dem jungen Spund im Karierten – und musste doch nicht allzu weit gehen. Hinter einem Vorhang, unaufdringlich hängend, verbarg sich in dem dunklen, schluckenden Versteck gut geschützt eine Pforte, die ein Geheimnis zu bergen schien. Das allein war kein schlechter Anfang. Geheimnisse lockten immer. Kein

Türknauf, kein Türschloss, kein Riegel, nur ein weiteres Türchen in der Tür, das sich ebenfalls noch zugeknöpft gab. Der karierte Herr bückte sich etwas, bis das Türchen sich in Blickhöhe befand, rieb seinen Huf am Holz, klopfte dann dreimal dagegen. Das Türchen schnarrte und knarrte daraufhin als Antwort in seinen Angeln. Mürrisch und knorrig klang es und der bewegliche Teil in dem Holz öffnete sich eher widerstrebend als bereitwillig.

„Was isssn los", keifte eine Stimme, passend zum Ausschnitt des Gesichtes, welches plötzlich, wie ein Springteufelchen, vor dem nun offenen Türchen erschien.

„Die Begehr auf Einlass, werter Johann. Nichts anderes. Nur eine Runde Mau Mau, vom Spieltrieb verlangt", beeilte sich der karierte Herr, dem Abbild hinter seiner Begrenzung in der Tür zu erklären.

„Mau Mau also", grinste das Abbild zweideutig und verschwand. Das Türchen klappte zu. Die größere Tür knarrte und schnarrte bald ebenso wie die viel Kleinere kurz zuvor, schob und drückte sich in den wollenen, schluckenden Vorhang und ließ letztendlich doch hinein, was hinein wollte.

Rauch – dicker, schwerer Qualm kroch ihnen zäh entgegen und ein langer Lulatsch machte sich im Türrahmen breit, mit langen Armen und Beinen wie Spaghetti, die sich in einer einzigen Geste zu vereinigen schienen und – hinein – deuteten, und wieder nur Rauch, wahre räuchernde Schwaden, dazu noch ein saurer Gestank von ungewaschenen Körpern – und ein vielfaches Gemurmel. Hustende, heisere Stimmen an drei runden, nicht sehr großen Tischen. Karten, verwirrende, schwirrende Hände, huschende Gesichtszüge, Schweiß und jede Menge Utensilien, scheinbar achtlos in die Mitte der Tische geschoben. Hier ging es ebenfalls hoch her – nur leiser, gesetzter, und eben ganz anders als nebenan in dem angrenzenden,

Lärm geschwängertem Raum, aber nicht unbedingt mit weniger Anteil an der Stillung quälender Sucht nach Vergnügungen.

„Eine ruhige Ecke für Sie drei“, erinnerte sie der lange Lulatsch an seine Anwesenheit. Ein wissender Blick streifte Elisas Nachtanzug. Der Kerl grinste wieder, diesmal anzüglich. Schließlich glitt sein Blick in Richtung eines neuerlichen Vorhanges, an die gegenüber liegende Wand, sein Spaghettiarm deutete auf den dicken, dämmenden Stoff – wieder ein alles verschluckender Vorhang. „Dahinter werden sie finden, was sie wollen.“

Elisa fühlte sich von Hufen vorwärts geschoben, erstickte fast erneut in Wolle und hörte, durch die schwankenden Flusen gedämpft, wie jemand etwas von einem bestimmten Spielchen verlauten ließ, welches nichts Mau Mau gemein hatte. Es wurde gelacht. Das Lachen klang gehässig, wissend. „Schick sie danach doch gleich noch in den Wald“, konnte sie noch vernehmen, dann hatte sie sich von der Wolle befreit und war auf der anderen Seite angelangt.

Ach. Was ging hier nur vor? Warum ließ sie das mit sich geschehen? Elisa war sich ihrer Sache nun gar nicht mehr sicher. Ein Blick auf die Besonderheit im Separee vor ihr reichte aus, um Fluchtgedanken entstehen zu lassen: Ein runder Tisch – recht zierlich –, vier Stühle, nichts Ungewöhnliches und dann noch die Liege, eine Chaiselongue mit dem unterschiedlich hohen, geschwungenen Rücken – verschlagen, abwartend, an die hölzerne Wand gerückt, und dazu, nicht eben unverfänglich, ein Ring an der Wand über der Chaiselongue und eine eiserne Kette daran.

Der karierte Herr erschien, ohne Lulatsch – dafür mit Ziegenbock. Der Bock strebte in ermüdender Zielstrebigkeit der Liege zu, nahm Platz, legte seinen Stock beiseite und breitete sich schließlich in seiner ganzen, behaarten Zierlichkeit auf dem Liegeplatz aus.

Ein befriedigtes Grunzen war noch zu vernehmen – dann nur noch Schnarchgeräusche. Was ging hier vor?

„Bilsenkraut, Bilsenkraut, gut bebrüht, schnell geschaut." Der surrende Singsang des Herrn im Karierten versuchte, die schnarchenden Schnalzer des Ziegenbocks zu übertönen. „Bilsenkraut, Bilsenkraut, im Nachtschatten gepflückt, hat bislang noch jede Hex` entzückt. Bilsenkraut, Bilsenkraut. Dem Gehörnten gelingt das Siegen, die Hex kann plötzlich fliegen."

Der Lulatsch schraubte sich durch den Vorhang und der Herr im Karierten nahm auf einem der Stühle Platz. Er besah sich rasch und sehr angetan einen seiner Hufe näher, stutzte, drückte ihn in den Stoff seines Rockes, rieb, rieb und rieb und meinte beiläufig. „Was hältst du von einem Tässchen frisch gebrühtem Sud aus Bilsenkraut? Ich nehme eines, und du?" Er blinzelte zu Elisa hinüber. „Kein Bierchen mit Zaubereien, sondern gleich den Tee für mich und die Kleine." Er hob dem Bedienenden seinen Blick, fast schmollend, entgegen.

„Ich auch. Vergesst mich nicht." So schnell, wie der Ziegenbock sich von dem Geschehen in dem Raum entfernt hatte, so schnell meldete er sich auch wieder zurück. Er hatte erstaunlich abrupt das Schnarchen eingestellt und richtete sich nun ächzend auf. Sein erster suchender Handgriff galt dem beiseite gelegten Stock. Mit dem zweiten schnappte er sich seinen Ziegenbart und zog diesen energisch in die Länge. Die Nüsternöffnungen des Näschens zogen sich kraus. „Der stinkt ja!" Der Bart erhielt seine Freiheit wieder, wurde losgelassen. Der Bock seufzte daraufhin meckernd. „Ich habe erst einmal genug vom Bier. Bestelle besser gleich eine volle Kanne von dem aufgekochten Zeug!"

Elisa wollte eigentlich keinen Tee trinken. Die Zeit rann dahin und sie hatte bislang nichts erreicht. Sie wollte ihre Schwester. Doch bald ertappte sie sich dabei, wie sie nach einem Schluck von der Flüssigkeit aus der Tasse, mit eben jener Tasse in der einen Hand, lautstark und ziemlich schräg, zusammen mit den beiden Fremden, einen gesungenen Toast auf das Bilsenkraut aussprach. Einträchtig saßen sie nun beieinander, am Tisch vereint, tranken den Sud, als wäre es köstlichster Wein. Sie bestellten nach, tranken weiter und sangen nun aus vollem Halse: „Bilsenkraut, Bilsenkraut, gut getrunken, halb verdaut. Bilsenkraut von Mutter Natur gemacht, von der Hölle ausgedacht – jetzt wird gelacht."

Wunderlichkeiten geschahen. Auf einmal saß sie, mit den Händen voller Karten, auf dem Schoß des Karierten, hopste hoch und hinab, hopste hoch und wieder hinab. Dem karierten Schönling schien das zu gefallen. Hoppe, Hoppe Reiter, wenn er fällt, dann schreit er. Er grinste sie an, schien das neue Spiel zu lieben, war unter dem grauen Fell rot angelaufen und schwitzte ganz schrecklich. Sie spielten wieder Mau Mau und sie blieb auf seinem Schoß sitzen. Ab und an bewegte er seinen Unterleib hin und her, als würde ihn etwas klemmen. Man ließ sie gewinnen, so lange bis ihr der Platz auf den hopsenden Knien zu unbequem wurde, der Schönling mit dem Eselsgesicht sie nur noch in die Weichteile kniff und sie von dem bockenden Pferde steigen musste, um Ruhe zu haben. Ihr wurde erst wohler zu Mute, als sie die sichere Kühle und die strenge, harte Gestalt ihres Stuhles unter sich spürte.

„Bilsenkraut, Bilsenkraut. Der Braumeister kennt dich. Du bist durchschaut." Der Rest des Liedes wollte ihr gar nicht mehr so flüssig über die Lippen gehen.

Sie hatte verloren. Der Herr im Karierten hatte seine letzte Karte auf den Kartenstapel geknallt. „Bilsenkraut, Totenblumenkraut.

Dem Gehörnten werden Hörner sprießen." Er bleckte seine großen Zähne. Ein laues Mau hatte das jähe Ende des Kartenspieles herbeigeführt und mau und lau fühlte Elisa sich nun auch. Ihr wurde ganz komisch zu Mute. Trotz seines Sieges schien der Herr im Karierten tüchtig verärgert. Er murrte. „Bilsenkraut, Totenblumenkraut. Die Hörner in die Ricken stießen. Ich aber lasse von dir ab, schicke dich zu ihm ins Grab." Der Karierte kniff Elisa dazu ausgiebig und verpasste ihr dann unversehens einen äußerst unsanften Stoß, sodass sie vom Stuhl segelte. „Alles, was ich dir sagen kann. Lauf in den Wald – und das möglichst hoppla di hopp. Pferdchen, laufe geschwind, fall in den Galopp. Er, der dich findet, wird dir mehr über deine tote Schwester erzählen können, als der Ziegenbock und ich es gewollt hätten. Lauf, lauf, bevor ich meine Meinung ändere und ich mich besinne."

Der Karierte hatte sie satt? Die Erkenntnis traf sie schwer. Dieser Maulesel. Sie fühlte sich benutzt, nahezu besudelt. Man wollte sie loswerden – so verhielt es sich wohl. Man hatte sie getestet, an verbotenen Stellen berührt und hielt sie nun für unwürdig. Oder hatte ein anderer bereits die Hand auf sie gelegt? Die ganze angetrunkene Fröhlichkeit steckte mit einem Male in ihrem Halse fest wie eine Fischgräte, die quer hing. Nebel wallten in ihrem Kopf. Das Denken wollte nicht mehr so recht gelingen. Die Unwirklichkeit war ihr näher als die Realität. Der Wald fing gleich hinter der Schenke an. War es nicht so? Und der Karierte schickte sie in den Wald. Hätte man ihr gleich gesagt, dass man ihr nicht helfen konnte – oder nicht wollte und hätte man sie nicht mit unnötigen, lächerlichen Spielereien hingehalten, wäre sie vielleicht schon längst bei ihrer Schwester. Diesem karierten Schönling, diesem Schaumschläger mit all seinen Sprüchen, und seinem stinkenden Freund noch dazu würde sie am liebsten gehörig den Marsch blasen, wenn sie die Macht dazu besäße. Man sollte eben niemandem trauen, der Hufe oder Hörner mit allzu viel Stolz trug.

Sommer. Der Gehörnte im grünen Filz

Elisa betrat den Wald und ließ die Dunkelheit hinter sich zurück. Sie fühlte sich umfangen von einem lichten Wald, umfangen von Mischwald, der ihre derzeitige Laune zu bekräftigen schien. Hohe Bäume, weniger hohe Bäume, dicke und schlanke, gerade Stämme, deren Geäst erst weit oben zu sprießen begann. Den Abstand zwischen sich aufmerksam wahrend, den Boden zwischen sich statt mit wildem Buschwerk oder in die Höhe schießender Sprösslinge mit weichem, saftigem Moos angefüllt – Moos, welches sich mächtig anstrengte, Elisas bloße Füße in den Holzpantinen zu erreichen, um diese zu kitzeln. Es reckten sich die glatten Stämme, streckten sich behaglich knarrend in ihrem Holze, in ihrer Rinde, als wären sie abgezählt und ganz einmalig auf dieser Welt. Das hier war ein heller, freundlicher Wald, so schien es. Sie ging gerne voran, wunderte sich nicht darüber, dass sie mit Verlassen der Ortschaft auch die Nacht hinter sich gelassen hatte. Warme, schmeichelnde Sonnenstrahlen durchwanderten das Blattwerk und berührten tanzend den Boden und verwandelten das tiefgrüne Moos, auf dem es sie so vorwärts drängte, in einen überteuren Teppich.

Elisa gedachte ihrer Schwester und wünschte sich noch dringlicher, sie wieder bei sich zu haben. Vielleicht gedieh der bestehende Wunsch gerade zu diesem Zeitpunkt noch mehr zu einem inbrünstigeren Auswuchs, weil sie das tote Mädchen dann hätte fragen können. Warum sie diesen Wald eigentlich niemals zu deren Lebzeiten betreten hatten, da er doch so nahe ihrer Wohnstatt lag. Wie viel Spaß war ihnen nur entgangen?

Zeitweilig hing sie so in ihren Gedanken fest, dass die äußere Welt von ihr zurückzuweichen schien. Seltsamkeiten wurden von Elisa zwar gesehen, aber nicht wirklich wahrgenommen. Außer einem gelegentlichen Schlürfen, einem widerwärtigen, ungehörigen

Geräusch, das der Moosteppich unter ihren Pantinen verursachte, wenn sie eine Senke durchquerte, in der sich Wasser vom letzten Regen angesammelt hatte, blieb es still – unheimlich still. Keinerlei Vogelgezwitscher weit und breit. Einmal meinte sie, ein Reh zu sehen, wie es abwartend hinter einem der Bäume vorzulugen schien. Das Tier gab sich schüchtern, blieb stock und steif an seinem Platze, so lange, bis Elisa aus seinen Blicken entschwand. Sie kümmerte sich nicht weiter um das seltsam zahme Getier, da es sich so zurückhielt und sich nicht gesprächig geben wollte.

Zickereien lagen ihr momentan nicht. Schließlich hatte sie selber Probleme genug und die waren ärger als alles andere, das jemals sein durfte. Sie musste von der Stelle kommen. Sie musste laufen, laufen, musste auf ewig weiterlaufen über Moose, die an ihren Schuhen zu kleben schienen. Sie musste vorankommen, nicht auf der Stelle treten, und sie musste nach ihrer Schwester suchen.

Keinesfalls durfte sie aufgeben. Sie musste weiterlaufen, bis sie jemanden fand, der trotz Ansprache nicht den Stummen mimte oder sich gar tot stellte wie ihre eigene Schwester, die sich so verstockt gegeben hatte und einfach fort gegangen war. Sie musste jemanden finden, der ihr Auskunft über den Verbleib der Schwester geben konnte und ihr wirklich half. Es musste doch jemanden geben, der nicht nur vorhatte, sie von ihrem Weg abzubringen und dabei die Absicht verfolgte, sie zu verderben. Sie brauchte Hilfe für ihre Bestimmung – ihre Schwester zu finden. Doch in dem Wald schien es niemanden zu geben, der zur Hilfe bereit war.

So lief Elisa weiter durch den Wald. Stunde um Stunde. Tag für Tag. Wochen und Monate vergingen – immer in Gedanken bei ihrer Schwester. Elisa bemerkte nicht, wie die Zeit vor ihr floh. Der Frühling hatte sich zurückgezogen. Der Sommer war längst da. Im Schatten der Bäume wurde es warm und wärmer. Das Jahr kämpfte sich voran und vergaß sie dabei. Die Frage danach, warum die Zeit so schnell verging, blieb ungestellt. Elisa nahm es hin, so wie es geschah. Doch litt sie keinen Hunger und auch keinen Durst noch musste sie schlafen. Tage waren Tage, glitten dahin, und Nächte gab es nicht. Naturgesetze oder gar natürliche Bedürfnisse schien es in diesem Wald ebenso wenig zu geben – für sie jedenfalls nicht. Wenn sie im Kreise lief, so bemerkte sie es nicht mehr. Dass sie niemals irgendwo ankam, wurde ebenso verdrängt.

Ihr begegneten auch weiterhin diese stillen, zaghaften Geschöpfe. Rehe, die bewegungslos dastanden, Rehe, die Elisa anstarrten. Sie nahm sie in der Ferne wahr, als hätte man ihr Tabakstangen angeboten, die sie rauchen sollte. Sie ging darüber hinweg. Unhöflichkeit sollte nicht noch belohnt werden. Rehe, die sich stoisch gaben, sich partout nicht mitteilen wollten, halb von einem Baumstamm verdeckt, aber trotzdem nicht zu übersehen, wurden von Elisa geflissentlich übersehen – zumindest der Versuch war es wert. Die Augen erblickten die Rehe trotzdem, der benebelte Verstand nahm auf – trotzdem und ohne dass sie es gewollt hätte. Sie standen da: Weibliche Tiere wohl, denn ihnen fehlte das Gehörn. Ricken im warmen Sonnenlicht, mit Gold besprenkeltem Fell und so unbeweglich wie hingestellt. Zaghaftigkeit konnte sich manches Mal zu einer wahren Last entwickeln – so war diese Schüchternheit ganz gewiss unerträglich für Elisa, Zaghaftigkeit lockte und verwirrte, schürte die Neugierde nur noch mehr. Vielleicht würde ein Tässchen Bilsenkraut da Abhilfe schaffen. Obwohl sie keinen Durst verspürte, leckte sie sich die Lippen. Verlangen nach dem Geschmack, der vergangen war, regte sich in dem Mädchen.

Elisa sollte sich über das Verhalten anderer keine Gedanken mehr machen. Sie fühlte sich auch nicht unbedingt alleine. Sie hatte ja sich und die Gedanken an ihre tote Schwester, ihre lebende Schwester – sich und ihre Gedanken. War das nicht mehr als genug und was war noch wahrhaftig? Und könnte sie nur den Weg zu diesen zurückhaltenden Geschöpfen hinter den Bäumen finden und könnte sie sich nur von dem Zwang zu laufen, befreien. Sie würde so gerne einmal anhalten, nur, um für einen Moment zu verweilen, um eine Frage stellen zu können, die sie mittels ihres Laufs durch den Wald vergessen zu haben schien. Dann würde ihr Ziel sicherlich auch nicht immer weiter in die Ferne rücken. Doch sie musste laufen, laufen, laufen, denn ihre Füße wollten es ja so. Die Holzschuhe flogen nur so über den Moosteppich. Und ihre Gedanken hinkten stets hinterher. Ihr Schritt war zu schnell, ihr Gehirn wie gelähmt. Entscheidungen schienen nur noch von Füßen getroffen zu werden. Elisa sollte ihnen allerdings recht bald entfliehen können. Ihr eifriges Gehwerkzeug trug sie nur noch solange voran, bis ihnen der Boden unter den Füßen weggezogen wurde.

Der vormals ebene Boden wurde mit einem Male abschüssig, wölbte sich wieder, wurde schief, unten war plötzlich oben, oben plötzlich unten, alles war schlüpfrig von der Nässe und vom Schlamm, alles war ein einziges Durcheinander. Sie taumelte, Arme ruderten durch die Luft, Beine strampelten und sie verlor gänzlich den Halt, rutschte aus und fand sich auf allen vieren wieder, den Hals im Reflex in die Höhe gereckt, damit sie in der moorigen Suppe nicht ertrank, in die es sie verschlagen hatte. Elisa rappelte sich auf, strauchelte erneut, fing sich wieder. Sie stand auf ihren Füßen und blinzelte dem Licht entgegen. Sehnsuchtvoll blickte sie nach oben und verrenkte sich dabei beinahe. Außer dass sie ein ausgiebiges Schlammbad genossen hatte, war ihr kein Schaden entstanden. Sie war nicht verletzt, aber zutiefst verwundert, denn selbst hier im Schatten begann sie schon wieder zu trocknen. Sie hatte nicht einmal Gelegenheit zu frieren, da begann der Schlamm an ihr in trocknen Placken von ihr abzufallen.

Sie blickte an sich hinunter, rieb sich den Staub aus den Augen und konnte doch nicht glauben. Ihr verschmutztes Nachtgewand sah wieder aus, als käme es frisch aus der Wäsche. Was ging hier vor? Wer stellte hier die Welt auf den Kopf? Sie fand sich in einem Albtraum wieder. Ihr Blick erfasste die Umgebung und ihr Verstand konnte nicht begreifen, was jener zu vermitteln suchte. Unbesiegbare Schrägen, unüberwindliche Neigungen, die sie in einem Rund umgaben und die sich unter ihren Händen so glatt anfühlten wie Glas. Sie versuchte zu verstehen, wo sie sich befand. Ein wenig sah ihr Gefängnis aus wie der untere Teil einer riesigen Flasche, deren Hals man einfach abgesägt hatte – eine Dose aus Glas, allerdings ohne Deckel, sehr tief und in einer Neige im Boden versenkt.

Eine abschüssige, glatte, überaus teuflische Falle. Der Hinterhalt war zum Teil noch gefüllt mit Regenwasser, Dreck und sich in Auflösung befindlichen Blättern vom letzten Jahr, mit überaus rutschigen Wänden, durch die man das Erdreich zwar sah, aber in denen man nicht einmal seine Nägel hätte versenken können – noch nicht einmal in lauter Verzweiflung, weil die Glätte dazwischen war und jeden Angriff auf sich durch Unnachgiebigkeit abwies. Sie fragte sich, wie sie sich jemals aus dieser misslichen Lage befreien sollte. Wieder einmal bestätigte sich: Fallen warteten in aller Heimlichkeit und griffen zu jeder Zeit nach ihren Opfern, fingen diese grundsätzlich unvermittelt. Hoffnungslos sank Elisa in sich zusammen.

Das Seil glitt ihr entgegen, schnellte vor wie eine Schlange, die sich gleichzeitig entwand und angriff. Der Biss des Seiles schmerzte auf ihrer Haut. Als sie verstand, was den Schmerz verursacht hatte, war der Hoffnungsschimmer, der mit Plötzlichkeit aufglomm, und der Griff nach der nun ruhenden Schlange eins. Man zog sie nach oben.

Sie blickte zu ihm auf. Ihr Retter entpuppte sich als emporgewachsen und gab sich auch sonst eher dem Verborgenen hin. Füße, die unter einem Überwurf aus rauem, grünem Filz hervorlugten und ihn wie einen zugespannten Regenschirm mit absonderlichem Knauf erscheinen ließen. An der Stelle, an der sich der Kegel aus grünem Filz verjüngte, entwuchs ein starker, haariger Hals, der passende Kopf – schlank und markant, dem eines Hirsches nicht unähnlich – und sein mächtiges Geweih, ein Elfender, denn ein Zacken war dem Träger bereits aus der Krone gebrochen worden.

Eine Schneeflocke und noch eine, beide so groß wie Hühnerfedern, senkten sich hernieder, trieben zwischen den beiden, die sich nicht kannten, und versuchten zu trennen, was nicht zusammen zu gehören schien. Die Schneeflocken schmolzen noch in der Luft, verdampften, bevor sie das Moos erreichen konnten.

Elisa Gedanken schienen zu explodieren. „Wo ist meine Schwester? Sag es mir! Du sollst es wissen, wurde mir gesagt!“ Die Forderungen hatten so auf ihrer Zunge gebrannt, dass sie nur so aus ihrem Munde stürzten. An Schamhaftigkeit mochte sie in diesem Moment auch nicht denken, schließlich war sie keine der Ricken, die sich hinter Bäumen verbargen. Auch an Dankbarkeit fehlte es ihr in diesem Moment ziemlich.

„Wie gefällt dir mein Wald“, schnarrte der hochgewachsene Fremde in grünem Filz stattdessen. „Hast du schon meine Lieblinge kennen gelernt? Sieh doch nur, wie schön sie sind.“

Das war doch keine Antwort auf ihre Frage. Der Schwindel überfiel sie unvermittelt. Ihr Kopf tat mit einem Male weh – so weh. Sie rieb sich die Stirn und ihre Verwunderung nahm zu. Doch noch wollte sie den Gedanken über die Veränderung nicht zulassen. Anstatt neue Fragen zu stellen, gingen sie ein Stück zusammen, wie alte Freunde, dicht beieinander. Endlich wichen die zarten, goldbesprenkelten Geschöpfe des Waldes nicht mehr vor ihr zurück und auch Elisas Füße widersetzten sich nicht, die Nähe dieser so stillen Tiere zu suchen. Ricke um Ricke ließ die beiden vorwärts Schreitenden an sich heran, entledigte sich scheinbar ihrer seltsamen Schüchternheit. Baumstämme wuchsen in den Himmel und die Tiere dahinter wuchsen mit ihnen. Sie traten näher, kamen dichter an die Stämme heran, als es das Mädchen jemals vermocht hatte, und Elisa erblickte endlich, was sie zuvor nicht sehen durfte und sah doch nicht viel mehr.

Spiegel – schwarz und noch ohne wahre Spiegelfläche, mit groben Nägeln an den jeweiligen Stamm befestigt, gaben nur den Hauch eines Schatten wieder. Doch je mehr Baumstämme mit Spiegeln und Ricken sie passierten, umso deutlicher wurde auch, dass es nicht nur die unbeeindruckbaren Gesichter hinter den Stämmen waren, die sie anblickten, sondern dass es da noch andere Gesichter gab, die sich aus der Dunkelheit der Spiegel hoben und den Blickkontakt mit Elisa suchten. Diese Spiegelgesichter, die ebenso behaart waren wie die der Ricken, allerdings mit Hörnern auf ihren Köpfen, und die das Mädchen, das vorbeiging, so durchdringend zu mustern schienen, versuchten ihr etwas zu zeigen. Als es ihnen gelang, wurden Elisas Schritte kürzer, sie wurde langsamer und endlich erkannte sie, als die Spiegel wieder schwarz wurden, bevor sie ihr endlich die Wahrheit zeigen konnten, dass es vornehmlich ein Gesicht war, welches sich in den spiegelnden Gläsern versteckte. Nicht viel später, da sah und erkannte sie sich, wie andere sie sehen mussten. Sie sah, was sie zu werden drohte. Wenn ihr Antlitz auch unbehaart war, auf ihrer Stirn wucherten die zarten Auswüchse eines Gehörns. Sie fuhr sich mit der Hand über den Kopf und erschauderte. Ihr verwirrter Verstand wollte es nicht wahr haben. Ihr wuchs etwas aus dem Kopf, was dort absolut nichts verloren hatte.

„Hast du Lust auf ein Tässchen Teufelsauge?“, fragte der Gehörnte im grünen Filz freundlich und tat nett. „Trinkst du von ihm, ist jeder andere Tee nur noch Lauge.“ Er beugte sich über sie und versuchte, sie mit seinen blanken, braunen Augen zu betören. „Du bist doch brav, mein Kind, und tust, was man von dir verlangt?“

Vielleicht würde der Durst sich noch beim Trinken steigern? Sie leckte sich unwillkürlich über die Lippen. Ein Tässchen Tee, dagegen konnte man nichts einwenden. Es war ja so oder so nur Tee und sie war tatsächlich mehr als beunruhigt. Ihre fahrigen Hände ruckten in die Höhe, ertasteten wieder nur den Ansatz von Hörnern und den ganzen abscheulichen Rest – zierliche Hörnchen, noch vom gut durchbluteten Bast umwickelt, die sich wie Dolche durch ihre Stirn bohrten. Blut klebte an ihren Fingern. Am liebsten wäre sie sogleich mit dem Gehörnten im grünen Filz davon gesprungen. Von den Ricken hatte sie erst einmal die Nase gestrichen voll. Zumal die Ricken sie zwar näher kommen ließen, beinahe konnte Elisa nach ihnen greifen, aber sich weiterhin als ziemlich unnahbar entpuppten.

Unbeweglich, wie gegossen, stand eine Ricke wie die andere vor ihr und stumm blieben sie doch allesamt. Wie eingebildet diese Viecher doch waren. Dabei blickte Elisa in ebensolche braunen Augen, wie sie auch der Gehörnte im grünen Filz neben ihr schon besaß. Doch jene Augen im Gesicht der Ricken gaben nichts wieder, kein wirkliches Leben war unter deren Oberfläche zu erkennen, nicht ein Augapfel rollte. Außer Elisas Spiegelbild, welches sich auf der glatten Oberfläche zeigte, die facettiert zu sein schien und dem Rauchquarz nicht unähnlich war und wiederum nur das eifrig sprießende Gehörn auf ihrer Stirn preisgab – und dieses, zu Elisas Verdruss, auch gleich noch mehrfach, durch die vielen Facetten. Sie fuhr zurück. Das waren doch nicht die Augen einer lebenden Kreatur. Und ihr Aussehen schien sich auch immer mehr zu verschlimmern.

Ihr Zustand erfüllte sie mit tiefster Besorgnis. Das musste genauer überprüft werden. Obwohl die schwarzen Spiegel sie erschreckten, weil sie ihr die schreckliche Wahrheit in all ihrer dunklen Klarheit zu zeigen vermochten, wurde Elisa von ihnen nur zu gerne verführt.

Sie beachtete die dumpfe Ricke, die sich nicht bewegen wollte, nicht sprechen wollte, nicht weiter und trat näher an den Stamm heran. Der Spiegel, der dort vormals gehangen hatte, war verschwunden. Der Nagel an dem er befestigt gewesen war, bohrte sich auch weiterhin in das Holz des Stammes. Doch der Platz des Spiegels blieb leer. Wild blickte sie sich im Kreise um, spähte zu den anderen Stämmen hinüber, deren Schatten noch mehr Ricken beherbergten und an denen Spiegel gehangen hatten. Da, wo es Elisa zu erkennen vermochte, musste sie feststellen, dass sich die wahrheitsfindenden, schwarzen Scheiben sehr wohl in Luft auflösen konnten, denn diese waren fort.

„Du solltest dich ausruhen! Und darf ich dich an meine Einladung erinnern“, neckte sie der Gehörnte im grünen Filz. „Brave Mädchen müssen doch belohnt werden. Schau, diese hier waren es jedenfalls nicht und böse Weibchen gehören nun einmal bestraft.“

Sein gespaltener Huf wühlte sich durch die Falten des Umhanges und packte das Schießgewehr fester, drückte es dabei entschlossen an sich. Schließlich hob er den bleispuckenden Prügel an und missbrauchte ihn als übergroßen Zeigestab. Der Gehörnte im grünen Filz deutete mit dem Ende des Rohres auf eine regungslose Ricke hinter dem Stamm. „Bei der hat es mir ganz besonderen Spaß gemacht.“

Der Gehörnte führte Elisa immer weiter durch den Wald, bis sie an einem kleinen Schlösschen anlangten, das auf einer Lichtung stand. Das Gemäuer seiner Behausung erschien ihr in einem kalten

Grau, wirkte im Sommerlicht aber nicht trist, sondern sehr gepflegt – peinlich sauber. Eine Tür, die geöffnet wurde, ein Flur und links und rechts davon Zimmertüren, die allesamt geschlossen waren und die Sicht in die Räume dahinter blockierten. Der Flur, der nicht zu enden schien, sich dann aber in einen mäßig großen Saal ergoss, stellte Elisas Geduld auf die Probe. Gediegene Eichenmöbel und Spieße aus Stahl an der Wand – kalt und scharf; und Spieße aus Horn – ebenfalls an der Wand, in Paaren zusammengefügt und selten alleine, auf Scheiben aus Holz, und dazwischen, zwischen all diesen angesammelten Trophäen, den ewiglichen Halt gebend und über den Tode hinaus mit dem Gehörn vereint – der gekochte und deshalb vom Fleisch und Hirnmasse befreite, blitzblanke, weiße Schädel eines Unterlegenen. Hier war ein Mörder um keine Untat verlegen gewesen. Spießbock über Spießbock hing rein zur Zierde an der Wand, schmollte im stillen Trotz. Ein Triumph für den Hausherrn, der seine Dame am Arm nun zu einer gedeckten Tafel geleitete.

Elisa wunderte sich nun nicht mehr, sondern setzte sich stattdessen lieber gleich. Längst vergessene Bedürfnisse schienen mit einem Male mit Macht zu erwachen. Der Durst drängte sie mit einer Plötzlichkeit, dass ihr Hören und Sehen verging. Das Wasser lief ihr in Bächen im Munde zusammen. Sie schluckte und schluckte und paradoxerweise schmeckte sie nur Trockenheit. Ihr Blick wurde wie von Magneten gelenkt. Aus der silbernen Kanne, gluckernd vor Wärme und strotzend vor Heimeligkeit, floss der heiße Tee im hohen Bogen in die zierlichen Teetassen. Teetassen und Henkel klemmten zwischen den Zehen des Paarhufers, schienen zerbrechlich und verletzbar und wurden trotz der Unmöglichkeit verrückt, geschoben, bis sie sich mit frisch befülltem Bauch am richtigen Platze befanden. Dieser Geruch, der ihrem Näschen entgegenströmte, war ihr so vertraut, dass die Sucht des Herzens und das Begehren ihrer Zunge dem Tee eilfertig entgegen fließen wollten und schon schlüpfte keck und unüberlegt ein Liedchen zwischen ihre Lippen hindurch, wobei sie nicht einmal wusste, was sie da sang. „Teufelsauge, Teufelsauge. Untreue ist keine Tugend, sondern entspringt der Dummheit der Jugend.“

Wieder und wieder sang sie die Zeilen. Ihr Geruchssinn genoss den Gestank des Gebräus, welchen sie in den Momenten der Begierde anders empfand. Ihre Zunge testete waghalsig, forderte. Allein das Klopfen in ihrem Schädel und der bohrende Schmerz in ihrer Stirn und auf dieser – dort, wo die Hörner sprossen, schienen noch zu mahnen, überhaupt von dem dargeboten Getränk zu kosten. „Teufelsauge, Teufelsauge, ein furchtbares Gebräu, nimm mir nur nicht die letzte Scheu.“

Sie durfte doch wohl trinken? Ach was. Sie musste einfach trinken. Wer schrieb ihr denn hier etwas vor? Ihr Wille schwand nun dank der eigenen Fürsprache gänzlich dahin und sie trank in großen, viel zu eiligen Schlucken und mit ungespielter Begeisterung. Wo war noch gleich ihre kürzlich verblichene Schwester? War diese nun tot oder lief sie da draußen noch irgendwo umher? Vielleicht war die Schwester aber auch ganz woanders? Elisa begann, den Tod auf dem Grunde ihrer Tasse zu suchen.

Die Euphorie indessen nahm bei jedem Schluck zu. Der letzte Rest ihrer Verwunderung, ihre angesoffene Verwirrtheit wurde beinahe zur Gänze durch Geschmack und Wärme mit fortgeschwemmt – die Betäubung nahm zu. Plötzlich empfand sie den Durst wie eine willkommene Geisel – und sie hatte wahrhaft einen sagenhaften Durst. Die Tasse hätte gerne etwas größer sein dürfen, denn ihr Verlangen nach der warmen Flüssigkeit blieb immens und das konnte auch bald der Inhalt der Tasse nicht mehr stillen.

Der Gehörnte im grünen Filz schenkte fleißig nach, und ach und überhaupt. Die Kanne schien nie aufgefüllt werden zu müssen, gab sich der Ergiebigkeit hin, bot ihre ganze Unerschöpflichkeit dar und schien den frisch gebrühten Tee geradewegs aus dem Nichts herbeizuzaubern. Und dieser Herr neben ihr war so freundlich, so überaus zuvorkommend. Nur mit der Beantwortung im Raum befindlicher Fragen schien er nicht gerne beschäftigt zu werden. Aber sie blieb auch weiterhin in freudiger Bereitschaft ein nettes und braves Mädchen. Sie würde sich in Geduld üben – allein nur für ihn – und natürlich den leckeren Tee trinken, das tat sie nur für sich. Immerhin war es ja der Gehörnte, der sie gerettet hatte, und sein Schloss war auch viel zu schön, um es verlassen zu können. Wen kümmerten dann da noch die ausgestopften Ricken im Walde und deren enthauptete Geliebte hier, in diesem Raum. Es war doch so einfach, Wahrheiten zu verdrängen, anstatt diese vor sich sehen zu müssen.

Elisa ertränkte auch weiterhin ihren Verstand im gut gebrühten Tee und die voll gehängten Wände im Jagdzimmer rückten in ihrer geeinten Unaufdringlichkeit von ihr ab. Sie entschwanden praktischerweise sang- und klanglos in die schonende Ferne des bereitwilligen Nichtverstehens.

Ihr neuer Freund beobachtete sie indes auch weiterhin sehr genau. Blicke drängten, erforschten, wuchsen in Lust, gipfelten in Gier und beschworen die Hörner auf Elisas Stirn. Wer besäße nicht gerne diese Errungenschaft aus Horn, wo sich doch das Mädchen so offensichtlich zu ergeben schien. Doch so, so hatte es nicht sein dürfen. Das war nicht seinem Plan entsprungen, etwas lief schief. Obgleich auch hier schon der Dorn der Unvollkommenheit in seiner neuesten Kreation steckte und mit der gezückten, dornigen Spitze auf sein Versagen deutete, einer sofortigen, bedingungslosen Nachbesserung bedurfte, grollte er zu anhaltend seiner Zweifel. Elisas Bild fiel gänzlich aus der Rolle. Hörner wuchsen, die Männlichkeit kennzeichneten sollten, und hier bohrten sie sich widerrechtlich durch zartes, weibliches Fleisch – so war das nicht gedacht. Aber wurde nicht zumindest die Art geschaffen, die er bevorzugte? War das Ding neben ihm denn gar nicht mehr zu retten? Der Gehörnte nahm Elisas Hand zwischen seine Klaue und blickte sie mit seinen sanften, braunen Augen an.

„Teufelsauge, Teufelauge, nimm ihr das Weh, mache, dass ich meine Zukünftige als Ricke sehe.“ Er gab ihr wieder von dem Tee und seufzte dabei, quengelte bald, wiederholte den Spruch ein ums andere Mal und wurde doch nur noch unzufriedener. Da war wohl nichts mehr zu machen. Die Rose auf ihrer Stirn war schon erblüht. Die Hörnchen würden zu einem Geweih werden und das noch während er sein Mädchen ansah. Kaum gedacht, so geschah es auch schon. Die Augsprossen auf Elisas Stirn bildeten sich nun vollständig aus. Eissprossen würden wenig später folgen. Verdammt! Weiber trugen nun einmal kein Gehörn!

„Teufelauge, Teufelsauge, ein wankelmütiger Tee, lässt Hörner wachsen wie Zauberspruch und Stab einer bösen Fee.“ Der Gehörnte griff nach Elisa. „Du bist nicht willens! Sag schon! Wo ist dein Bock? Du denkst gewiss nur an ihn.“ Die wässernde Flutwelle der Eifersucht ließen seine glühenden Gefühle schlagartig verlöschen. Er ließ ihre Hand fahren und rekelte sich auf seinem Stuhl, dann nahm er seinen Gesang wieder auf. „Untreue Frauen gehören bestraft und der sie verleitet hat, wird geschickt in den ewigen Schlaf.“ Der Gehörnte im grünen Filz verzog seine Lippen, zu einem zu stark gesüßten Grinsen. Der Honig schien ihm förmlich aus dem Maul zu tropfen. Er schien zu überlegen und dann brach es aus ihm heraus. „Was hältst du von Hirschragout?“ Eine Antwort erwartete der Gehörnte nicht wirklich von ihr. Er stand auf und ging.

Allein gelassen, versuchte Elisas Selbsterhaltungstrieb, zu retten, was noch zur Wiederbelebung bereit war. Ihr unter Tee gesetzter Verstand begann, träge geworden, sich zu wehren. Ihr durchweichter Denkapparat nahm, wenn auch stotternd, den Betrieb wieder auf. Nun hatte sie wieder mit einem dieser Herrn am Tisch gesessen und hatte von einem Gebräu getrunken, welches man ihr einschenkte, aufdrängte und das ihr überhaupt nicht bekam. So sehr sie sich mühte. Warum fiel ihr das Denken nur so schwer? Und ihre Umgebung richtig wahrnehmen konnte sie auch nur noch mit äußerster Anstrengung. Ihr Blick blieb auch weiterhin verwässert, verzehrt. Augen schienen im genossenen Sud ertrunken zu sein, rollten in ihren Höhlen hin und her. Ein Überschuss an Tee fand den Überlauf und quoll aus den Lidern hervor. Sie sank in die Kissen zurück. Tränen, vom Tee erfüllt, rannen über ihre Wangen. Ferne schwamm davon, rückte ganz weit von ihr ab und trieb wieder näher. Wände offenbarten sich nun in ihrer ganzen zweifelhafter Pracht und selbst im Wald, dort draußen jenseits dieser Mauern, tat sich etwas.

Trophäen an der Wand, an vielen Wänden, noch kurz zuvor ohne Regung, ließen nun ihre Geister frei. Feine Nebelgespinste strömten aus Schädeln, wurden zu Nebelschleiern, die bald an Form gewannen. Junge Spießböcke, kaum zu bremsen in ihren Bewegungen, stattliche Hirsche, den Kopf stolz unter dem Beweis ihrer Mannbarkeit gereckt, Zweiender, Vierender, Sechsender, ein Achtender, Zehnender, allesamt aus Dunst geboren und grauen Schatten gleich, traten näher an Elisa heran, umringten sie, geordnet in Reih und Glied, sehr gesittet und ganz ohne Rivalität untereinander. Und auch aus dem Walde, da kamen sie. Einer rauchigen Welle gleich, aus verschwundenen Spiegeln geschlüpft, von Bäumen gelöst – losgerissen, verließen die Geköpften, die Körperlosen, ihre Lieblinge nun, nur um sich der Versammlung im Schloss anzuschließen. Graue Schatten trafen auf graue Schatten, begegneten sich mit Respekt und mit Würde. Es wurde eng und enger im Jagdzimmer. Doch Furcht schien nicht angebracht zu sein. Elisas Blicke tranken jeden der rauchigen Ankömmlinge, hießen jeden Einzelnen willkommen, denn es war eine Befreiung. Sie taten ihr nichts, sondern erhoben nur lautlos die Stimmen, in Ach und Weh. „Teufelsauge, Teufelauge, entfliehe schnell des Jägers Auge."

Ein einstimmiges Echo konterte daraufhin, sehr, sehr wütend klingend und aus vollem Halse, in übler, schreiender Missform dargebracht, den stummen Gesang. „Teufelsauge, Teufelsauge. Das Leben schafft uns seine Plagen, hier aber hat nur der Jäger das Sagen." Der Hausherr stand im Türrahmen mit einer dampfenden Ragoutschüssel, zwischen den gespaltenen Klauen und war außer sich vor Zorn.

Die grauen Nebel, die ganze schattenhafte Männerrunde um Elisa herum, stoben auseinander, lösten sich fluchtartig auf. „Zeige mir doch endlich den Weg zu meiner Schwester", schrie sie am Rande ihrer Nerven. Der Kopf wurde ihr so schwer, so schwer. „Ich will keinen Tee mehr, den kannst du gerne behalten", brach es dann flüsternd aus ihr heraus.

„Teufelauge, Teufelauge. Dem Böckelein wird nun die Rübe abgeschlagen. Mir Hörner aufzusetzen, wo welche sind, das soll nur einer wagen! Du ungeschlachtete, untreue Gestalt. Wo ist er? Sag schon! Wer befindet sich noch im Besitz deines Körpers? Wo versteckt sich dein Gefährte? Du allein bist daran Schuld, dass meine Macht versagt." Die Schüssel schepperte, Porzellan brach in der Mitte entzwei. Gesottenes, erlegtes Fleisch in brauner Soße floss auf schwarz-weißes Kühlendes. Das Ragout erkaltete, ohne jemals geschmeckt zu werden, auf gefliestem Bodenbelag. Fett wurde fest, nahm eine weißliche Farbe an und sah nun hässlich und ungesund aus. „Sag schon! Wo ist dein Freier! Du Unwürdige! Ich spucke auf dein behörntes Haupt! Du Missgestalt! Rücke mit der Sprache hinaus! Zeige ihn mir, damit ich ihn töten kann!"

Krächzend, kamen die Worte aus dem Munde des Gehörnten. Nasenlöcher weiteten sich vor zitternder Empörung. Tasthaare vibrierten vor Erregung. Das geifernde Maul öffnete sich, Sprachinstrumente versuchten, den Text für eine neue Strophe seines Liedes zu finden. Doch die Singstimme brach und schien ihm vorerst vor lauter Empörung abhanden gekommen zu sein.

Der Hauch des Vergangenen, einer der grauen Schatten, der sich bei der Flucht vergessen hatte und nicht in den Wald zu seinem Spiegel zurückgekehrt war, löste sich zögerlich aus seinem Versteck, einem äußerst toten Winkel im Jagdzimmer und schwebte durch Raum und Zeit. Er kam gerade noch rechtzeitig dem zuvor, vereitelte glücklich, was sein Mörder, der Schlächter, bereits vorgehabt hatte. Denn des Retters Töne, dem Maul endlich entfleucht, vibrierten schon in der Luft, bevor sie ein neuerliches Mal im Ansatz verkümmerten und den mordenden Hausherrn nun wieder mit Stummheit schlugen. Die Schlacht schien geschlagen. Der Sieg über das Wort davon getragen. Denn statt der Stimme seines Peinigers hörte man nun also die tonlose Stimme eines toten Rehbockes.

„Teufelsauge, Teufelsauge! Gib mir nur einen einzigen Grund, damit ich wieder glaube. Ach Teufelsauge, ach Teufelsauge. Mein armes, armes Rickelein! Weiche zurück vor dieser aufgebrühten Lauge! Suche lieber den Schwimmmeister im Teich. Er alleine macht deine Gedanken reich.“ Noch bevor der Gehörnte vor Wut platzen konnte, löste sich die Gestalt des Spießbockes auf, um sich wieder seiner ausgestopften Geliebten und dem Holz ihres Baumes anschließen zu können. Doch hingen Reste von ihm, Fetzen von tiefster Schwärze, noch ein Weilchen in der Luft, diese waren nur nicht mehr zu einer erkennbaren Form angeordnet. Und schon gaben diese Fetzen ihren Protest, statt nur mit einer Stimme nun vielfach, wieder, was sie noch von dem Geschehen in diesem Wald hielten, bevor sie sich ganz verflüchtigten.

Würze mit reinen Gedanken dein Hirn,
lasse es nur kräftig arbeiten hinter deiner Stirn,
und nasche niemals, nie vom Kraut des Hornes,
meide stets die Sucht des schwarzen Kornes.
Traue den Müllern mit ihren blubbernden Mühlen nicht,
denn jene gingen selten mit ihren Lügen ins Gericht.
Denke stets daran.
Das Auge des Teufels sei dir auf ewig verboten.
Es sei denn, du willst doch mit Hexen auf Besen toben
und wirst nicht Erlaubtes auch noch hoch beloben.
Genau an diesem Tage wird der Gehörnte dich zu Tode drohen.

Der letzte schwarze Nebelfetzen war verschwunden. Einen passenderen Zeitpunkt würde es niemals geben. Elisa verspürte nicht die geringste Lust, so ausgestopft zu werden wie die Ricken hinter ihren Bäumen. Noch wollte sie, dass ihr der Kopf mitsamt Geweih abgeschlagen wurde – auch wenn dies eine praktische Maßnahme gegen pochende Kopfschmerzen sein mochte und in manchen Fällen sogar willkommen war. Elisa wollte ihren Schädel behalten. Sie war nur zu gern bereit für eine Flucht. Entschlossen erhob sie sich und gab Fersengeld. Sie tauchte laufend in den langen Flur des Schlosses ein. Der Gehörnte im grünen Filz schrie ihr Funken sprühend hinterher.

Teufelsauge, Teufelsauge.
Wenn ich dich fange, der wird sterben.
Auch dieses Jahr werde ich wieder wilde Felle gerben
und auch deines wird noch sein dabei.
Nicht mehr an Tagen werden vergehen
als die nächsten kümmerlichen Drei.
Im Nu ziehe ich dir die Haut über den Balg,
du wirst es schon noch sehen,
wenn deine Innereien auf dem Misthaufen vergehen.
Und mit Stroh im Bauch wird niemand alt.
Ratzfatz. Ratzfatz,
für dich beginnt die Hatz.

Herbst: Ein Molch im Teich

Hinaus! Hinaus! Hinaus in die Freiheit! Hinaus in das Grün! Sie lief, sie rannte, sie flüchtete, während drei Schneeflocken, vom Himmel getrieben, den Wipfeln der Bäume entgegen trudelten, durch welkendes Blattwerk geschickt ihren Weg suchten, einander kreuzten, sich wieder verloren und wenigsten eine von denen – noch gefroren und eiskalt, wie Schneeflocken nun einmal sind, und gleichwohl doch dem Flaum einer Hühnerfeder so ähnlich – von der wild Dahinstürmenden verschleppt, den Halt fand, den sie suchte, und sich niederließ auf blankes, schon gehärtetes Horn und endlich zu einem einzigen, klaren Wassertropfen schmolz. Diesen Tropfen hätte man für eine Träne halten können. Wenn man es nicht besser gewusst hätte, denn Elisa weinte nicht.

Elisa rannte wie schon einmal durch diesen Wald. Bevor der Fall sich ihrer Gehwerkzeuge bemächtigt, sie wie einen Baum gefällt, sie in schlammiger Tiefe versenkt und ihr die Bekanntschaft des Gehörnten im grünen Filz einbracht hatte. Sie rannte, als wäre sie besessen von ihrem Lauf, gefangen in einem einzigartigen Rauschzustand, die Haare im Gesicht, die Stirn gesenkt und immer voran. Und sie hätte vermutlich weiter rennen können, ohne jemals Atem schöpfen zu müssen. Sie keuchte nicht, bekam auch keine Seitenstiche, ihr Herz schlug ihr nicht zum Hals und bat nicht um Hilfe. Sie hätte einmal, vielleicht sogar zweimal die ganze Welt so zu umrunden vermocht – allein ihre Zeit reichte dafür nicht aus. War sie nicht immer noch auf der Suche nach ihrer toten Schwester? Und hatte der geköpfte Spießbock ihr diesbezüglich nicht einen wichtigen Hinweis gegeben, bevor er die Flucht ergriff, indem er sich von seiner eher halbherzig hingehauchten Unvollkommenheit des Nichtkörperlichen erlöste (denn die andere Hälfte seines Herzens war ohnehin bei seiner Geliebten im Wald verblieben), und sich der Vollständigkeit halber nun ganz und gar im räumlichen Nichts auflöste.

Sie sollte sich in Zukunft besser konzentrieren, sonst würde sie irgendwann noch den Grund für ihre Suche vergessen haben. Ihre Gedanken rauschten, eilten so behände wie ihre Beine über Moosteppiche dahin. Auch ihre Begierde nach Getränken, die sie nicht kannte, insbesondere nach Tees – vor allem dann, wenn Fremde diese so freimütig anboten –, sollte sie ihrer Zukunft zuliebe besser zügeln. Sie leckte sich über die Lippen und meinte, dabei noch die Strenge der Samenkörner zu schmecken, aus denen man das gefährdende Zeug aufgebrüht hatte. Von Wohlgeschmack konnte da nicht mehr die Rede sein. Elisa begann, ihren Lauf erneut zu beschleunigen. Wunder geschahen und veränderten Sichtweisen, veränderten Tatsachen. Sie entwickelte sich zu einer Langstreckenläuferin mit geradezu abnormen Kräften. Genauso wie ihr seltsamerweise das Hungergefühl und der Durst abhanden gekommen zu sein schienen, verfügte sie nun unbegreiflicherweise über eine Lunge, die scheinbar so groß wie der Erdball selbst war.

Elisa hätte nasse Füße bekommen, wäre sie so fleißig weitergelaufen. Nur einer rigorosen Notbremsung verdankte sie, mitsamt der Kleidung baden zu gehen. Zu spät bemerkte sie, wie etwas Altes zurückblieb und etwas Neues begann. Zu schnell war sie über die Lichtung geflitzt. Zu schnell hatte sie den Teich auf der Lichtung erreicht. Der vertraute, gefährliche Wald blieb hinter ihr und lichte, blendende Helligkeit, gehalten in einer beinahen kreisrunden Leere mit einem dunklen Loch in ihrer Mitte, offenbarte sich ihr ganz unverfroren. Die Lichtung ähnelte dem Negativ eines auslaufenden, frisch gebügelten Spiegeleis. Fassungslos starrte sie auf die plane, tiefgrüne Wasseroberfläche, während sie sich noch um ihr Gleichgewicht mühte, um das Äußere und das Innere zur selben Zeit und das lag nicht nur daran, dass sie dem Rande des Gewässers zu Nahe gekommen war. Keine Wellenbewegung konnte das Bild verscheuchen, das sich ihr bot. Die Ursache ihres Kopfschmerzes war nun auch für sie nicht mehr abstreitbar. Aus dem zart sprießenden Geweih auf ihrer Stirn hatte sich ein mächtiges Geweih entwickelt – schwer und überhaupt nicht tragbar für ein Mädchen ihrer Größe. Erst einmal visuell wahrgenommen, bog sie sich sogleich, von einer plötzlichen, zunehmenden Kopflast übermannt – neigte sich, unter dem Gewicht der hornigen Last, dem Boden entgegen. Sie würde sich nie, niemals mehr vollständig aufrichten können. Wer immer dafür verantwortlich zu machen war, derjenige hatte sie für immer entstellt – für immer gezeichnet. Von nun an würde sie sich nur noch in gebeugter Form vorwärts bewegen können. Warum tat man ihr so etwas an? Warum zertrat man ihre Hoffnungen mit dieser penetranten Gründlichkeit? In ihr wurde es dunkel. Die Düsternis kroch, von außen geleitet, nur zu gerne in ihr Innerstes, nagte an ihrem Herzen.

Tage, Wochen und sogar Monate waren wie ein einziger lichter Tag vergangen und dabei wuchs das Fehlen der Nacht keinesfalls zu einer Frage heran. Denn die Nacht fehlte Elisa nicht, weil sie das Licht des Tages liebte. Doch nun, in ihrem finstersten Gemütszustand versunken, senkte sich Nacht über Elisa – und keine Dämmerung bereitete sie gnädigerweise darauf vor. Der lange, lange Tag ging dahin. Viele, viele Tage gingen dahin, längst zu einer Einheit vergoren, zusammen geklebt, verschwanden sie aus Elisas Dasein und die Nacht war da – plötzlich und nicht erwartet. Noch nicht einmal erhofft, wie ein Vorhang, der mit Unabänderlichkeit gefallen war. Der Mond erhellte mit vollem Mondgesicht und lachendem, buckeligen Mann in seiner Mitte und ein paar kessen, vorwitzigen Sternen, die zwischen den zerrissenen Wolkenfeldern hervor linsten, die Nacht. Sie schaute, nun ebenso buckelig geworden wie der Mann im Mond, unter ihrem rechten Arm hervor.

Der Teich veränderte sein Gesicht. Mondlicht beschien ein jähes, reges Treiben auf dem Wasser. Frösche, recht groß, mit langen O-Beinen und ganz nackt, suchten ihr Gleichgewicht auf Seerosenblättern, hielten Stücke von holzigen Halmen in den rutschigen Händen, die wiederum an langen Gespinsten aus geflochtenen Spinnenweben befestigt waren, an denen auf das Heftigste gezogen wurde. Fischmäuler tauchten aus der Tiefe des Teiches auf und brachten noch zusätzlich Bewegung in das ohnehin schon verwirrende Bild. Mit den Seilchen aus Spinnenträumen im offen, klaffenden Maul begannen die Flossenträger, Fahrt aufzunehmen – ihre Kreise ziemlich gewagt und nahe dem Ufer, zu ziehen, die Frösche mit wackeligen Beinen auf den Seerosenblättern, immer dicht hinter ihnen, blickten mit belämmerten Ausdruck in ihren Gesichtern recht dämlich drein.

War das ein Gejohle? War das ein Spaß? Und das, obwohl der Sommer schon vorbei war und der Herbst bereits den Winter ankündigte. Wasserspritzer vom Wasserskitheater auf dem Teich trafen Elisa, benetzten sie. Sie zuckte zusammen unter ihrem Geweih, als hätte man sie mit Salzsäure verätzt und wurde noch kleiner – noch krummer. Wenn sie ein Schneckenhaus besessen hätte, sie wäre nur zu gerne hinein gekrochen. Stattdessen hing ihr Atemhauch in der Luft wie Nebel und die Kühle am Teich ließ sie Dampf ausstoßen wie eine alte Lok, die im Bahnhof auf ihre letzte Fahrt wartete. Elisa fröstelte, obwohl sie Gefühle schon längst als abtrünnig erklärt hatte, schienen Funken von ihnen doch noch vorhanden zu sein, die ab und an aufflackerten. Das ließ sie hoffen. Diese Glut galt es also nur zu löschen. Wenn sie nun ganz still stand, bemerkte man sie möglicherweise gar nicht. Denn wenn sie tief in sich nichts mehr wahrnahm, in ihrem Inneren nichts mehr lebte außer die Frage nach ihrer toten Schwester, vermochte man sie da draußen vielleicht eben so wenig wahrnehmen.

Das Getier auf dem Teich störte das Dahinscheiden der Jahreszeit nicht im Mindesten. Spinnen standen auf der Wasseroberfläche, nutzten deren Spannung, erkoren zwei von ihren acht Beinen zu Gehwerkzeugen und bombardierten mit den anderen Sechs arglos vorbei fliegende Libellen mit kostbar glänzenden Miniperlen, die sie aus dem Korb auf ihren Rücken zogen. Wenn eine Libelle nach einer spektakulären Bruchlandung im Wasser ersoff, brach ein lautstarkes Jubelgeschrei mit wilden Beifallsbekundungen unter den spinnenbeinigen Werferinnen aus.

Wasserläufer indes versuchten, Stechmücken im Flug zu erhaschen und unter Wasser zu ziehen, was ihnen in den meisten Fällen misslang, da die Mücken lieber den Spieß umdrehten, die Spitze ihres Stachels zückten und die Wasserläufer noch im Fluge aufspießten. Die erbeuteten Tierchen wurden nach dem Kampfgetümmel von den Gewinnerinnen der Schlacht, deren Stachel sie dabei stolz wie starre Lanzen mit ihrer Last vor prallen Bäuchen in die Höhe reckten als sichtbaren Beweis für den Sieg, hin und her geschwenkt.

Die toten Wasserläufer endeten als Pausenbrote für eine Kaulquappen-Gesamtschule, deren ältere Schulkinder diese Leckerei nur zu gern begrüßten. Der längst abgelegte Froschlaich des Wasserfrosches hatte von alledem jedoch nichts, außer der trügerischen Sicherheit der Hülle seines Eies. Betreut von einem falschen rosa Flamingo, der still und anhaltend, seinem Gleichgewicht vertrauend, auf einem Bein im Wasser stand, lernten die Kleinsten der Frösche vom Leben, indem der Große im rosa Gefieder von ihnen fraß.

Auf einem eiförmigen Gebilde, welches auf einem Sandstreifen gebettet war, dicht am Ufer des Teiches und dem Wasser sehr nahe, hatte es sich ein Molch bequem gemacht, seinen langen Schwanz besitzergreifend um den ovalen Rutilquarz, der trotz silbrigen Mondlichts golden schimmerte, geschlungen. Einstmals hatte der Molch diesen Schatz dem unterirdischen Fluss Styx, der Unterwelt, entrissen. Von Habsucht und Argwohn zerfressen, klebte Triturus vulgaris auf dem durchsichtigen Stein. Das geheime Gut in dessen Inneren stets achtend, es niemals vergessend, fixierte er das krumme, merkwürdige Ding, das mit einer beinahe betäubenden Plötzlichkeit einen Platz in seinem ureigenen Herrschaftsbereich beanspruchte. Nun zu einem Horn gekrönten Garderobenständer erstarrt, schien das sperrige Ding zwar kein Wässerchen in der Suppe seines Besitzers trüben zu wollen. Doch lebte das Ding oder lebte es nicht? Es atmete doch, oder etwa nicht?

Der Molch wäre kein Molch und der Molch kein Schwimmmeister, kein Gott und kein Beschützer, wenn er selbst nicht die Gesetze des Beschützens achtete. Das Ding war eindeutig fehl am Platze und der Teichmolch misstraute anhaltendem Frieden von Natur aus. Schließlich trug er schwer genug an seiner Aufgabe – gleichzeitig zu herrschen und Wache zu halten, war nicht leicht, und neuerliche Probleme waren niemals willkommen. Er war Bademeister von Beruf. Ein wirklicher, brillanter Schwimmmeister, ein ausgebildeter Rettungsschwimmer mit blinkenden Abzeichen, noch dazu mit jeder Menge Auszeichnungen überhäuft und ihm oblag, was noch weitaus wichtiger war: Die Wacht, die Allmacht über die Götterbohne. Die Götterbohne, die eingeschlossen im Quarze gebettet lag, von kupfernen, feinen Fäden umwebt. Die Götterbohne, das Ursamenkorn allen Krautes – des schwarzen Krautes, die Bohne, die nur ihm gehörte und welche ihn allein durch seinen Besitz zu dem Gott machte, der er war, und ihn somit herrschen ließ über Lichtung und Teich, über Leben und Tod. Das Unwahrscheinliche geschah tatsächlich. Zugunsten der krummen Elisa quoll der Gott von seinem Quarze. Es entschied der Molch, um die Ruhe zu finden, die er verdiente, müsse er zunächst Stärke beweisen und seine diversen Abzeichen und auch die Götterbohne verlassen. Der ewige Retter und ein wenig auch die Aufsichtsperson in ihm trieb ihn zu dieser respektablen Handlung.

Doch auch wenn er sein Gut verließ, so ruhte doch immer noch sein von Eifersucht zerfressenes Auge auf dem Quarzgebilde. Seine von ihm einverleibten Schäfchen wussten das längst, hatten es vielfach, recht schmerzhaft verspüren dürfen. Denn im Strafen war der Molch groß.

Wusste das auch Elisa? Sie stand da, beinahe fest verwurzelt mit der feuchten Erde, erschreckt und beschwert vom Schmerz des Ertragens, Finger und Zehen vor Verzweiflung zu Krallen gebogen und zusätzlich noch von der hörnernen Last fast zur vollen Gänze zu Boden gedrückt, und wagte sich ganz allgemein nicht mehr zu rühren. Sie ahnte es, denn wie ein Hauch lag es über der gesamten Lichtung, dass, trotz der gespielten Ausgelassenheit auf dem Teich, hier etwas im Argen lag. Unfähig, sich zu bewegen, wartete Elisa, die Krumme, ab und nahm noch aus dem Augenwinkel einen dunklen Schatten wahr. Ein großer, großer Molch glitt auf sie zu. Er schien ein Anliegen zu haben.

Sein Weg geleitete ihn nicht direkt zu dem Eindringling. Denn er war ein Gott und er hatte Zeit. Ein Abstecher ins hohe Grün auf ödem Lande musste letztendlich noch unternommen werden, denn Hilfe schien, wenn auch nicht laut geäußert, dringlich erbeten zu sein. Geraschel verriet nicht, was der Molch in den Tiefen des Dickichts trieb. Doch mit einem einzigen Blatt im großmäuligen Maul, an dessen Stängel noch mehr sonderbare Blätter hingen, verließ er die geheiligte Plantage, die aus der Ferne wie ein wogendes, schmutziges Meer einer beginnenden Krautplage wirkte, dazu einen überaus hässlichen Geruch verströmte, der die Nase kräuselte und Geister sehen ließ; und strebte dann erst dem horngeschwängerten Garderobenständer entgegen und vollbrachte dabei noch das Kunststück zu singen.

Eine Unbezwingliche, Tochter der Götterbohne,
alleine mein – allein mein Gut.
Götterbohne, höre nur, wie ich dich lobe.
Gebiete deinen Kindern, schwach zu sein.
Götterbohne, mache doch, dass ich andere verschone.

Der Molch kaute noch auf einer Bohne herum und stürzte schon zur krummen Elisa. Er trällerte sein Lied und richtete sich auf seinen Hinterbeinen auf, sodass er den Garderobenständer mehr als um Haupteslänge überragte und stützte sich dabei mit seinem Schwanz ab, um sich im Gleichgewicht zu halten. „Kaue und schlucke, kaue und schlucke", befahl er. Er stopfte ihr einen Teil des Krautes in den Mund. Ihr blieb gar nicht anderes übrig als zu schlucken, sonst wäre sie erstickt. Nachdem er seine Tat vollbracht hatte, begann er, Elisa mit seiner langen, klebrigen Zungen genüsslich abzuschlecken. Seine Zunge sonderte dabei einen ekeligen, öligen Schleim ab. Krumm und unbeweglich wie sie war, mit zu Boden gesenktem Horn, konnte sie nur das geschehen lassen, was geschah.

Die raue Zunge des einen Gottes glitt in aller Eifrigkeit über ihre blanken Arme, über Beine, Füße und erwischte selbst unzugängliche Flecken, die sie lieber weiter verborgen geglaubt hätte, auch ihr Nachtgewand sparte er nicht aus. Es bekam einen ebenso von Speichel getränkten Anstrich verpasst. Oh! Er stank so!

„Lichtschutzfaktor 27 und absolut wasserfest! Wer sich in der Natur aufhält, sollte sich auch eincremen", lutschte er an ihr herum. Schneller als sie gedacht hätte, hatte sie es überstanden. „Das sollte genügen." Der Gott verpasste ihr einen abschließenden, kräftigen Stoß.

Wieso mit Sonnenöl einschmieren, wenn es Nacht war? Mondlicht erhellte noch immer die Lichtung, nicht die Sonne. Die Welt war auf den Kopf gestellt. Sie fühlte sich merkwürdig. Sie fühlte sich sehr beweglich. Sie dachte zumindest, dass sie fühlte. Elisa flog durch die Luft, in ihrer ganzen, festgefahrenen Unbeweglichkeit gefangen, schlug einen schlaffen, eiförmigen Salto, landete wie ein Brett im tiefen Wasser, verspürte keinen Schmerz und ging unter. Als ihre Füße im Schlamm des Teiches versanken und die Wasseroberfläche sich immer weiter entfernte, hörte sie über sich mit dumpfer Stimme den Molch singen.

Meinen Unbezwinglichen trauen,
heißt auf Treibsand bauen.

Die Götterbohne ist nur für mich.

Ein Blatt: Lässt dich die Welt quer sehen.
Sperre dich ein, alleine im Zimmer. Sofort!
Geh niemals raus, lasse niemanden rein.
Zwei Blatt: Man muss dich kräftig schelten.
Denn du wirst auf wirre Reisen gehen.
Winde werden dich durcheinander wehen.
Drei Blatt: Zu spät kommt die Reue dort.
In deinem Hirn bleibt nur ein großes Loch.
Und du bleibst für immer fort.

Und die Bohne ist nur für mich.

Ein kräftiges Platschen und ein gewaltiger Ruck an ihren Hörnern ließ sie endlich doch den Sauerstoff vermissen. Ihr kam noch der Gedanke, sie hätte den Gott fragen können, ob der etwas über den Verbleib ihrer toten Schwester zu sagen hatte. Doch unter den reinigenden Fluten vergaß sie beinahe alles, auch diese Frage. Elisa fand sich in einem festen Klammergriff wieder. Der Gott hatte sie in seine Griffel bekommen. Es berührten sie klumpige Finger und Zehen, umschlangen sie Arme und Beine und Schwänze – weniger störte ihr Geweih, denn es entpuppte sich als helfender Abstandhalter.

Sehr schnell verging ihr jedoch trotzdem Hören und Sehen – und das Atmen sowieso. Oben war unten und unten war oben. Wasser bestand nur noch aus Spritzern und nasser Menge. Wiederholt wurde sie in den Schlamm getunkt, versank bis zu den Knien, bemerkte, wie man sie hinauf zerrte. Der Molch war rutschig. Sie war rutschig. Es rutschte und flutschte nur so im Wasser. Schuld daran war nur das Sonnenöl. Doch wer sie sah, sah einen Kampf um Leben und Tod und der Gott war immer dabei. Unter den Händen des fleißigen Rettungsschwimmers aber, der nun einmal der Bademeister war, glitt sie weiter von einer errettenden Position in die andere. Ein ausgeklügelter Rettungsgriff folgte dem Nächsten, fand seine Anwendung an ihrem gekrümmten Körper. Fast ersoffen, aber auf alle Fälle gut durchgeweicht, zerrte man sie schließlich an Land. Dabei sang der Gott:

Erst werfe ich sie rein,
dann rette ich sie.
Erst werfe ich sie rein,
dann sind sie mein.
Gestoßen und Gerettet du nun bist.
Was ein gutes Mittel gegen gähnende Langeweile ist.

„Willst du noch ein Blatt von meinen Unbezwinglichen? Eine Tochter ist schlimmer als die andere, nicht war? Nein?“

Für einen Moment meinte sie, auf dem Schädel des Gottes ein ebenso mächtiges Gehörn wie das ihre sehen zu können. Nein. Sie wollte niemals, nie mehr, etwas in den Mund gestopft bekommen. Nein! Nein! Vielen Dank und Dankeschön noch mal! Mehr als abschließen konnte man diese Behandlung wohl nicht. Doch war die Vorgehensweise eines Allmächtigen keineswegs immer von Erfolg gekrönt. Der Beschützer der Götterbohne schien allenfalls unzufrieden. Und sie? Die Frage war doch, sollte sie überhaupt gerettet werden? Sie blieb doch immer noch die krumme Elisa – mit Geweih.

Da hatte auch das eigenwillige Unterwasserballett nichts daran ändern können. Der Gott hingegen verließ sie nun. Er streifte sie ab, behandelte sie wie einen vollgesogenen Blutegel. Auf zwei Beinen laufend, gestützt von seinem Schwanz, schleppte er Elisa noch bis zum Rand der Lichtung. Triefend und nass und sperrig wie sie war, behörnt wie zuvor, entsorgte man sie einfach am Waldesrand.

„Du schmeckst nach Verlust. Vermisst wohl deine Schwester Martha. Ist nicht hier. Habe ich nicht ersoffen! Denke ich! Versuche es im Tollhaus – Schwestern gibt es schließlich zu viele als dass ich wüsste, wer mir jeden Tag so begegnet“, rief er noch. Ein wegweisendes Wort, kurz und bündig und nicht viel mehr. Während der Gott der Götterbohne, ihr geifernder, eifernder Hüter und der ihrer Ableger, pfeifend und singend entwich:

Im Vorbeigehen rette ich sogleich
ein paar Nymphen aus grober Gefahr.
Wollen sie auch nicht gleich, wie ich es will.
Am Ende doch halten sie alle nur zu gerne still.
Füttere ich sie noch mit meinem Grün,
bleiben sie für immer schöööön,
werden nie, nie, niemals alt.
Unter Wasser sind sie ohnehin alle kalt.

Denn das hier ist mein Teich.
Ich bin ein Gott und das ist mein Reich.
Und bei mir ward‘ noch jeder weich.
Ich bin Schwimmmeister.
Ich bin Gott.
Nix ist gelogen. Es gibt nix, was ich nicht sah.
Und ich bin Rettungsschwimmer.
Ich bin Gott.
Nix ist gelogen, alles ist wahr.
Ich bin Bademeister.
Ich bin Gott.

Die Dame im Tollhaus
04.03.09

Winter: Die Dame im Tollhaus

Paniert wie ein Wienerschnitzel und beinahe so gut geklopft, wälzte sie sich auf lockerem, nach Pilzen, welkem Blattwerk und Vergänglichkeit riechendem Waldboden. So gerne sie dazu womöglich bereit gewesen wäre, Elisa war nicht in der Lage, rennend zu flüchten. Doch musste sie überhaupt flüchten? Der Molch hatte sie aus seinem Reich verbannt. Im Gestrüpp hing sie nun fest, konnte nur kriechen, verhakte sich mit ihrem Geweih immerzu und kam im Großen und Ganzen nur sehr schlecht voran. Auch, als sie die Büsche glücklich hinter sich zurückließ, wurde es nicht viel besser für sie. Unter größter Anstrengung schleppte sich bis zu einem Baum, dessen Stamm sie nur im unteren Bereich sah und zog sich mühsam in die Höhe. Elisa war nicht fähig, sich vollständig aufzurichten. Sie würde für immer und ewig die krumme Elisa bleiben müssen.

Ihr Geweih indes schien hingegen vor Gesundheit nur zu strotzen und geil wie eine Pflanze unter Sonnenbestrahlung nach dem Regen zu sprießen. Scheinbar war es wohl so, dass es mit beängstigender Beständigkeit noch beträchtlich an Ausmaßen zugenommen hatte. Jedenfalls drückte die Schwere des Hornes sie noch derber nieder, als es zuvor der Fall gewesen war. Genauso sperrig wie hinderlich, zog sein Gewicht sie mal nach vorne, mal zur Seite, ließ sie straucheln und stöhnen sowieso und entpuppte sich überhaupt als ein absolut arger und hartnäckiger Gegner. Einem Gegner, dem sie nicht so leicht entfliehen konnte wie denen, den sie bereits entkommen war. Um sehen zu können und Hindernissen rechtzeitig auszuweichen, schaute sie unter ihren Armen hindurch, krümmte sich wie ein Wurm an der Angel und ohnehin kam sie nur in winzigsten, trippelnden Schritten voran. Man hatte die lastende Schuld von Welten auf ihren Rücken geschnallt und Elisa allein sollte diese tragen – so kam es ihr vor.

Schneeflocken fielen vom Himmel. Schneeflocken, die nicht nass aneinander klebten – Schicht auf Schicht, Flocke an Flocke –, sondern so leicht waren, dass sie bei der kleinsten Bewegung aufwirbelten, hoch stiegen, höher stiegen und in die Richtung zu entkommen versuchten, aus der sie zuvor gekommen waren, der Schwerkraft aber auch jetzt nicht widerstehen konnten und sich wieder hinabsenkten, um sich erneut auf dem Boden niederzulassen und mit etwas Glück auch liegen zu blieben. Die Welt wurde immer weißer. Schneeflocken gaben sich wie Hühnerfedern, sahen der Form nach so aus und verhielten sich auch so.

Es war kälter geworden. Doch sie spürte nichts, da sie nichts spüren wollte. Ihr Gefühl hatte sie erfolgreich abgeschafft – so glaubte sie. Die Zeit verging, und die krumme Elisa wühlte sich ihren Weg durch die weiße Pracht, bis der Wald lichter wurde, bis er hinter ihr blieb. Eine Ebene angefüllt mit Weiß erschloss sich ihrem gekrümmten Blick, ihrer eingeschränkten Sicht. Ein langer Marsch sollte vor ihr liegen. Befand sie sich überhaupt noch auf dem richtigen Weg? Sie rutschte einen Hang hinab, bäuchlings – ihr Geweih voraus und ihr Horn schuf dabei vielfache, tiefe Furchen und pflügte, schaufelte Schnee, sie erstickte fast, zerschellte unter ihrer eigenen unbremsbaren Last. Beinahe zerbrochen, aber auf alle Fälle geschunden und zerschlagen, richtete sie sich wieder auf – diesmal ohne die Hilfe eines Baumes, kämpfte verbissen um jeden weiteren Meter. Bald knirschte es unter ihren Füßen, knirschte und knirschte wie gefrorenes Glas, das zu brechen drohte. Eine Veränderung der Bodenverhältnisse – ganz gewiss, doch Schnee gab es immer noch reichlich. Verwundert und ein wenig argwöhnisch, schob sie sich voran, bis sie mit ihrem verästelten Gehörn auf ein Hindernis mitten in der Weite der Landschaft stieß.

Holzbretter hatten sich zwischen ihre Sicht und ihren Weg geschoben und stoppten mit Unnachgiebigkeit ihren Lauf. Die krumme

Elisa verdrehte sich noch ein wenig mehr und versuchte, ihren Blick zu heben, so dass sie erkennen konnte, was sie so in ihrer verworrenen Langsamkeit hemmte. Sie fand sich wieder: Vor einem Gebäude ganz aus Holz: sehr groß und hoch, mit mehreren Etagen. Ein Haus inmitten von Nichts – außer dem Schnee – verschollen im Schnee. War sie durch Zufall über das Tollhaus gestolpert?

Es hatte noch heftiger zu schneien begonnen und plötzlich war sie froh darüber, etwas Festes mit ihren Händen greifen zu können als nur wirbelnde Flocken zu erhaschen, die sich ohnehin ihren Zugriffen entzogen. Die krumme Elisa suchte die Tür. Ein Geruch, den sie kannte, schien sie dabei zu führen und in eine bestimmte Richtung zu locken. Tastend halfen ihre Hände. Splitter fanden Einlass durch ihre Haut, stachen ins Fleisch. Blut floss in Maßen und beschmutzte ihr Nachtgewand noch zusätzlich. Kein Schmerz, aber ein gärendes Unwohlsein versuchte, ihren Tastsinn zu hemmen.

Fenster, zumindest im Erdgeschoss, besaß das Haus nicht und der Weg bis zu einer Öffnung dehnte sich, zog sich in die Länge, stellte die Geduld der krummen Elisa auf eine harte Probe. Ein unwirsches Mauzen, ein Rempler, ein Hauch von Fell und schon war es vorbei. Sie hatte sich abermals verloren. Die Stütze der Wand entglitt ihren wunden, gestochenen Fingern. Sie wurde in die Menge gestoßen, roch Tiere – Räuber, spürte tatsächlich Fell, fühlte sich wie zwischen Puderquasten ohne Puder gefangen, wurde gequetscht, wurde zerwühlt, musste schrecklich oft niesen, bekam einen erneuten Schubs und fand sich in einer eigenwillig geordneten Reihe, in wilder, kratzender, miauender Gesellschaft wieder.

Ihr Geweih schien hier nicht zu stören. Vielleicht weil sie die Wartenden überragte, obwohl sie durch die Verdrehungen ihres Körpers schon tiefer gelegt war. Doch wenn sie nach vorne zu kippen drohte, bekam sie von hinten einen hilfreichen Stoß verpasst. Größe galt hier nichts, alle hatten dasselbe Ziel. Sie rückte in der Schlange auf. Plötzlich war ihre Sicht weniger getrübt, sie sah und roch. Der Schneefall nahm ab und der Geruch wuchs zu etwas beinahe Greifbarem heran. Die krumme Elisa schnüffelte und leckte sich vor Wohlbehagen die Lippen. Für einen kurzen Moment vermochte sie ihren Blick zu heben und sah die Tür, die offen stand. Das Haus dampfte, schien Rauch und Geruch auszuatmen, entströmte, entfloh, kringelte sich in Schwaden über die, die warteten, und lockte.

Eine schrille Stimme, in den Räumlichkeiten verborgen, stieß fauchend Forderungen aus – befehlsgewaltig, unterlegt von vielstimmiger Spieluhrenmusik, durcheinander und schräg – Kammermusik, Jammermusik, die die Ohren noch zusätzlich quälte.

„Krallen einziehen, nicht kratzen. Pelze bitte selbständig und zügig an der Garderobe aufhängen. Danach unaufgefordert Plätze einnehmen.“

Die Felltiere rückten vor, die krumme Elisa mit ihnen. Das Haus öffnete sich scheinbar nur für sie, erweiterte ihre Blicke, stimmte verstimmte Musik, verpackte alles, was geschah, alles, was sie sah, in erträglichere Rahmen. Dampfendes Kraut in gusseisernen Töpfen empfing und gebar – auf Holzdielen placiert – graue Schwaden abstoßenden Geruches, zwangen sie, tief einzuatmen, zu inhalieren, brachten sie zum Grinsen, ließen sie in der gekrümmten Haltung nach vorne torkeln, das gesenkte Geweih wie ein Stier gefällt, und immer voraus, zum allerletzten Stoß bereit.

Hinter sich, noch draußen im Schnee, hörte sie eine maulende Singstimme, unsynchron, zu kratzender Musik sich erheben:

„Im Tollhaus tanzen Katzen,
der Hehler zahlt nicht mehr als einen Batzen.
Wenn der Rauch die Bäuche füllt
und Fell von Häuten quillt
und alles juckt und zuckt,
verschämt ein jeder guckt.

Den Rauch von Tollkraut müsst ihr meiden,
sonst werdet ihr bis zu eurem Ende leiden,
solange, bis sich Körper vom Geist wird scheiden.“

Ratschende Geräusche weiter vorne zwangen diejenigen, die vor Elisa im Anfang des Trosses marschierten und unleidlich von einer Tatze auf die andere traten, während ihre Pfoten schon hantierten, um das zu bewerkstelligen, was von ihnen verlangt wurde, dazu, noch zügiger in ihrer Tätigkeit vorzugehen, sich noch mehr zu beeilen, um Platz zu schaffen, damit die Katzengesellschaft hinter ihr, die bereits drängte und rempelte, mit Katzenkrallen kratzte und vor Ungeduld barst, sich ebenfalls in der großzügig gestalteten Räumlichkeit einfinden konnte. Seltsame Zwänge begannen, auch ihren Willen zu füllen. Am liebsten hätte die krumme Elisa sich ebenfalls den Pelz vom Leibe gerissen, wie es die vielen, vielen Katzentiere vor ihr taten – geschwind und ohne die geringste Verzögerung, denn die Idee schien gut. Es sah so leicht aus, so einfach: Getigerte, Gefleckte, Einfarbige in weiß, beige, schwarz und grau zogen sich mit überstürzter Hast das Fell über die Ohren und hängten es behände an glänzende Ständer. Fell an Fell reihte sich an Stangen. Nackte Kätzchen, übereifrig und rosig, stiegen zitternd auf Podeste, die sich als übergroße Spieluhren mit Kurbeln entpuppten, klebten fest sogleich, auf leimigem Boden, in obskurer Haltung gefangen, bis sie herausfanden, dass sie sich doch noch zu bewegen vermochten. Allerdings ohne dass sich ihre Pfoten vom Holz lösten. Dies blieb ihnen verwehrt. Die nackten Katzen wanden sich, tanzten auf der Stelle, drehten sich dazu im Kreise, während aus ihren blanken, rosa Schädeldecken kleine Geweihknospen schossen, die weich und nachgiebig das anstrebten, was sich für eine ganze Weile schon in Elisas Besitz befand und ihre Stirne verunzierte. Geweihe bildeten sich. Musik dudelte. Die Töpfe vor ihren Spieluhren quollen, Krautgeruch ausstoßend, schwellend und rülpsend über, wiesen die letzten noch behaarten Probanden in die gewünschte Richtung, gehörten zur wichtigen Einleitung eines Werkes, welches fast in seiner Gänze vollbracht war.

Eine einzelne maulende Stimme im Schnee dort draußen warnte noch. Sie fand kaum Gehör.

„Suche schnellstmöglich die Ferne,
riechst du das Tollkraut erst gerne.
Empfängt dein Gehirn sehnend geistige Leere?
Siehst du nur noch kunterbunt die Sterne?
Suche schnellstmöglich die Ferne.“

Ein Miau, und die Stimme im Schnee erstarb. Ein Ratschen hinter Elisa ließ ahnen, was geschehen war. Das Katzenkind hatte nicht warten können. Ein Fellkleid flog dem Eisengestell entgegen, zwängte sich zwischen andere Pelze und kurz darauf war die nächste Spieluhr mit nackten Tatsachen bestückt.

Die krumme Elisa thronte ebenfalls auf einem der sich unermüdlich drehenden Podesten – doch war sie noch bekleidet. Allein ihre hölzernen Pantoffeln vermisste sie. Sie musste sie irgendwo verloren haben. Ihre Fußsohlen schienen sich mit dem Holz unter ihr verbunden zu haben, aber das war egal. Rosa und Himmelblau – so sah sie, so empfand sie sogar. Sie war dem Tollhaus auf dem Leim gegangen. Elisa klebte fest und es störte sie nicht einmal, dass es sich so verhielt. Sie war schließlich die krumme Elisa, die sich verdrehte, deren Welt verdreht blieb. Genauso war ihr ihr Zustand lieb, weil es so bequem war. Sie musste nicht mehr allzu viel nachdenken, durfte sich endlich einlullen lassen. Musik und Rauch ließen sie frohlocken. Sie begann, sich in irrwitziger Weise zu wiegen, drehte sich verzückt im Kreise und summte vor sich hin, in schrägster Form, denn sie war und blieb gänzlich unmusikalisch. Eines jedoch fehlte noch. Wieso wollte ihr nicht gelingen, was anderen doch zuvor gelungen war? Mit fahrigen Händen nestelte sie an ihrem Nachtgewand herum. Wieso geschah nicht alles so, wie sie es gerne gehabt hätte? Jetzt zeigte sich, wie es in Wirklichkeit um Elisa stand. Der Stoff, nicht mehr weiß, sondern steif vor Dreck – und das schon sehr lange, eingerissen und mit Dreiangeln durchsetzt, verschließen, marode, also fast hinüber –, wollte, trotz der Schritte in die Vergänglichkeit, oder vielleicht gerade deshalb, immerzu ihren Fingern entfliehen. Elisas Nachtgewand war ebenso wie ihre Unbescholtenheit längst dahin.

„Lass das", maßregelte sie eine schrille Stimme. Ein unwilliges Mauzen folgte. Die Person, die mit ihr sprach, schien vor ihrer Spieluhr zu stehen. Das Reißen von Stoff ließ sie die Augen öffnen. Ein entrückter Blick suchte eine Konstante in dem angesammelten Durcheinander, entglitt immer und immer und immer. Sie war so krumm, so krumm, so krumm. Die Welt sie drehte sich, drehte sich, verdrehte sich. Was geschah nur? Und überall war der Geruch.

Die große Katzendame vor der Spieluhr unterstütze die fruchtlosen Bemühungen der krummen Elisa. Ein langer Stab mit einem sehr scharfen Messer fand den Weg durch den Stoff – immerzu, stechend, schneidend und mit Erfolg. Wundersamerweise ohne das Kind darunter gleich mit aufzuschlitzen, selbst dessen Unterwäsche blieb heil. Die Katzendame vor ihr zog einen Flunsch. Nachdem sie die erste Schicht der seltsamen, gehörnten, verwachsenen Zwiebel entfernt hatte und das Nachtgewand der krummen Elisa zerschnitten und erledigt am Boden lag – Schnipsel aus Stoff, Schnipsel und faserige Fäden, verwobene Garne in Flicken gezwängt, Putzlumpen zu einem Haufen zusammengeklaubt –, fand die Dame des Tollhauses nur wieder Stoff vor. Stoff und ein bisschen Nacktheit. Doch kein Fell, wie sie es sich erhoffte und welches sich zu verwerten gelohnt hätte. Dieses gehäutete, felllose Geschöpf, im verbliebenen Hemdchen und Höschen, das ihre kostbare Spieluhr besetzte, gab nichts her, was sie benötigte. Das Geschöpf war nutzlos, nahm kostbaren Platz ein und musste somit sogleich entsorgt werden. Der eiserne Topf vor Elisas Spieluhr wurde in resoluter Manier verschoben. Die nackten, rosa Kätzchen begannen daraufhin, ihre Stimmen zu erheben, jammerten, als wären sie toll. Das verrinnende Leben im Tollhaus tobte:

„Bist wirr im Kopf,
du armer Tropf.
Geweihträger, Besenflieger, Hexentanz.
Der Teufel reibt sich schon seinen Wanst.
Tollkraut, der Träume größter Graus,
betörend, macht dir es dir den Garaus.
Im Schatten entwischt der Schwanz der Maus.
Du denkst deine Geschichte geht glücklich aus.
Im Tollhaus hat die Dame das Sagen.
Wir Armen, wir müssen das Leid ertragen.
Gedenke unser,
schick uns ein Wunder.
Bevor wir sind ganz steif
und niemand mehr weiß,
das auch wir einmal lebten
und nicht immer auf Spieluhren klebten.
Tollkraut, Tollhauskraut, Hexendienste im Kraut.
Du hast dem Wahnsinn längst ins Auge geschaut.
Ein Zeichen trägst du und zerbrichst daran,
viel schneller, als einer von uns noch atmen kann.

„Ach, haltet euer Maul“, herrschte die Dame des Tollhauses ihre fest verleimte Beute an. „Das dort ist wahrlich schon schlimm genug!“ Ihr Blick streifte die krumme Elisa mit erkennbarem Widerwillen.

Felle sollten längst zusammengenäht sein. Warme, haarige Decken brauchte die pelztragende, sibirische Emigrantin, die ihr eigenes Fell so trefflich verleugnete. Fellüberwürfe für kalte Momente, für kalte Tage, für sibirische, für russische Nächte. Eine kostengünstige Lösung, ein zweifelhaftes Heilmittel für die, die noch willig zu glauben bereit waren. Flauschige Körperdecken, von lebendigen Geschöpfen, die sie köderte, die sie einsammelte, die sie stahl, um sie an die armen Landsmänninnen und -mannen in Russland, in den frierenden Metropolen und in den kältesten Regionen, die sie kannte, verscherbeln zu können. Bare Münze war das, was zählte. Die Geldkatze musste stets klimpern. Und die falsche Hehlerin verkaufte gut, versprach viel, was ihre Felllieferungen niemals hergeben würden. Die Haare der Pelze fielen aus, sobald diese wärmten – im Gedenken, in tiefster Trauer, an ihre verblichenen vormaligen Träger. Das Reißen in den Gliedern der Armen, jener eingewickelten Hoffnungsvollen, würde sich nur noch mehr verstärken, denn fortan trugen die Bedürftigen nicht nur die Schuld ihres eigenen Lebens mit sich herum, sondern auch die der Opfer, deren Felle sie trugen.

Ebenso die Spieluhren – einmalig auf der Welt, standen sie doch für die Verwerflichkeiten der selbigen. Fertig bestückt warteten diese, bereit für die Auslieferung, bereit für den Verkauf an die Reichen, diejenigen ohne Sorgen und Geldnöte. Jene, die unersättlich alles wollten, alles in ihren Besitz brachten, verschlangen, was rar und teuer genug war, und denen die Dame des Tollhauses alles anzudrehen verstand, was ihr Handelsposten führte. Neureich und ohne Gewissen, ohne das Wissen, wie schwer ein Leben wog. Es gab derer viele, Unzählige, denen es noch das Fell über die Ohren zu ziehen galt. Diese betuchtere Käuferschicht sollte einen ebensolchen Spaß an ihrer Ware wie die Armen an ihrer haben. Die Zeit würde es auch in diesem Falle richten, denn der Vergänglichkeit entkam nichts. Auch die katzenhaften Figürchen auf ihren drehenden Podesten waren vor dem Verfall nicht sicher.

Die Dame des Tollhauses schnurrte zufrieden. Geschäfte zu machen, das war ihre Passion, und auch die Kälte und die Heimat waren ihr wichtig, aber um zu frieren, dazu musste sie nicht unbedingt in ihrem Heimatland verbleiben, dass konnte sie auch hier. In dieser vom Schnee verwöhnten Einöde, die ihrer Leidenschaft, dem Sammeln, viel besser entgegen kam als die Gegend, der sie entstammte, weil all die fetten Haustiger in diesem Land doch ohnehin nichts anderes wollten, als Herrchen und Frauchen den blanken, rosa Rücken zuzukehren. Halter, die ihnen mit einer Gott gegebenen Selbstverständlichkeit die Freiheit verwehrten. Freiheit konnte die Dame des Tollhauses ihnen wahrlich geben – eine Art von Freiheit, die die Ausreißer in die weite Welt führen würde. Da sollte sie noch das schlechte Gewissen drücken? Sie war eine Sammlerin. Sie sammelte, verkaufte und machte Gewinn – ein normales Geschäftsgebaren. Sinnend blickte sie zu Elisa hinüber. Nur das faule Ei in ihrer kostbaren Sammlung stank ihr bis zum Himmel.

Der fehlende Kessel zeigte Wirkung. Das Tollkraut verlor seine Macht über die krumme Elisa. Sie löste sich von dem drohenden Verfall in der Falle, löste sich von der Sucht, kämpfte um ihren Verstand und verließ die Spieluhr endlich, als wäre sie nie festgeklebt gewesen. Noch während sie den Boden erreichte, sagte sie: „Sage mir, wo meine Schwester ist, und du bist mich sofort los."

„Suche die Stufen, die vom Himmel fallen, und finde deinen Weg, den du längst gegangen bist", fauchte die Dame des Tollhauses als

Erwiderung. „Und nun verschwinde. Du Elende. Du hältst mich von der Arbeit ab. Dein Platz muss frei werden."

Wie aus einem schlechten Traum erwacht, floh die krumme Elisa hinaus in den winterlichen Mondschein. Zu gerne ließ sie alles hinter sich. Sie blickte sich nicht um. Egal war ihr auch, dass sie sich nur mit ihrer zerschlissenen Unterwäsche bekleidet, retten konnte. Ihr Nachtgewand war dahin. Sie fror nicht einmal, obwohl ihre Haut eine ungesunde bläuliche Verfärbung angenommen hatte. Die Eisschollen knarrten unter ihr. Sie flog über die weite Ebene, flog über den zugefrorenen See, der niemals taute, weil die Eiseskälte der Dame im Tollhaus es nicht zugelassen hätte. Sie flog in dieser bitterkalten Nacht über aufwirbelnde, weiße Federn, über Daunendecken hinweg. Sie floh und wusste doch, dass man ihr nicht folgen würde. Sie floh um des Fliehens Willen, um sich zu befreien und konnte wieder rennen, kam vorwärts, weil sie sich von dem zwanghaften Stillstand in ihrem Leben befreite, weil sie dem drehenden Podest einer Spieluhr und dem musikalischen Diktat ihres Laufwerkes, welches sich stetig wiederholte, den krummen Rücken gekehrt hatte. Die krumme Elisa suchte nach ihrem Weg im Schnee in jener fliegenden Hast und spürte noch nicht einmal mehr ihr Geweih, weil sie sich ihrem Ziel schon so nahe glaubte.

Der Wolkengarten im Wolkenreich

Auch ewige Nächte endeten einmal. Die Morgenröte kletterte den Himmel hinauf, trieb der Erde die Schamröte auf das Antlitz. Große Schneeflocken, weiß und federig und keineswegs nur Schneeflocken. Stumme Zeugen eines letzten Kampfes wirbelten, entflohen, stürzten mit Selbstmordabsichten vom Himmel, trieben daher, trieben dahin, formierten sich zu einer Einheit, formierten sich zu federnden Stufen – ähnlich der Trittsteine in einem Bach, die anstatt durch Wasser in die Höhe führten, ins Licht. Die krumme Elisa gewahrte einen Weg, den man ihr wies und entschied sich. Nun würde sie ihre tote Schwester finden. Behände stieg sie auf den ersten Trittstein, während die gefrorene Scholle unter ihr ein letztes Mal erbärmlich knackte.

Da sie seltsamerweise in ihrem Hemdchen nicht fror, ihre Gliedmaßen nicht klammsteif wurden, schritt sie in ihrer angesammelten Schiefheit bald frisch voran. Stufe für Stufe erklommen ihre Füße, als wäre sie eine Gämse. Ihr wurde auch nicht schwindelig, als sie höher stieg. Ein eiserner Wille war alles, was sie benötigte. Sie schaute nach oben, nicht nach unten, kehrte der Erde den Rücken, ließ alles zurück und konnte miterleben, wie das Rot des Himmels verblasste und in ein sanftes Gelb überwechselte. Obwohl es eher die Sommersonne zu sein schien, die ihr diese Strahlen sandte, mit ihren sanften, warmen Strahlen, war es doch wohl nur die ferne kühlere Wintersonne, die die krumme Elisa lockte, noch höher zu steigen. In ihrer verwachsenen, verqueren Art zeigte nur das Geweih auf ihrer Stirn in die richtige Richtung. Zwischen den Sonnen wallte der Schnee, trieben federleichte Flocken und ergänzten zerstörte Trittsteine, wenn der Wind zu arg und zu fleißig blies. Der Himmel öffnete all seine Wege für sie. Sie sprang von Trittstein zu Trittstein, mit Feuereifer und krummer Art und kam den beiden Sonnen dabei immer näher. Die Sorgen hatte sie weitgehend auf der Erde zurückgelassen, nichts drückte mehr all zu sehr und jeder weitere Schritt nach vorne wurde ihr leicht gemacht. Irgendwann würde sie sich sicherlich einmal entscheiden müssen, in welche Richtung es weitergehen sollte. Wirklich ganz hinauf oder wieder heimkehren, denn der Weg nach unten blieb ihr ja nach wie vor erhalten. Sie stellte fest: Entscheidungen waren schwer zu treffen, wenn man durch das Leben so verkrümmt wurde wie sie, noch dazu mit dem schweren Wildwuchs auf ihrer Stirn, der auch nicht zum Denken anregte. Doch auch das würde sich schon richten. Ausgelassen hüpfte sie weiter voran und durfte erleben, dass mehrere Möglichkeiten oftmals nur einen einzigen Weg zulassen.

Noch bevor sie die Wolken erreichte, einten sich die beiden Sonnen zu einer einzigen und ihr ward die bevorstehende Plage, Entscheidungen zu treffen, abgenommen. Konnte das Leben nicht wundersam einfach sein? Als sie durch und über die Wolken hüpfte, fühlte sie sich beinahe ebenso leicht wie die Federn, die ihr den Eintritt in den Himmel erleichtert hatten. Ihr Kopf pochte nicht mehr und das war himmlisch. Sie fühlte sich nicht mehr krumm und verwirrt, streckte sich wieder so gerade in die Höhe, wie sie einstmals gewachsen war, versuchte mit ihren Fingerspitzen sogar, die Sonne zu erreichen, ohne dass diese zu verbrennen drohte, und genoss es einfach nur, Elisa zu sein. Sie fühlte, empfand, etwas ganz Sonderbares, war nicht mehr ohne Sinn und Verstand und, das war ihr beinahe ein noch schöneres Geschenk, spürte das Vergehen von Kopfschmerz und das Ablegen ihrer ureigenen Verbissenheit. Martha. Eine Schwester – ihre Schwester. Im stillen Gedenken an das Zurück ließ sie los, was sie loszulassen bereit war. All die Schuld, an der sie so schwer trug, weil sie noch lebte und ihre Schwester nicht, kniff nicht mehr gar so schlimm, und im Nachhinein widerstand sie natürlich auch sämtlichen Täuschungen, die sie auf Erden versucht hatten und deren schalen, bitteren Nachgeschmack sie noch auf ihrer Zunge schmeckte. Es wurde ihr leichter ums Herz, als sie sich selbst verzieh. Sie begann, sich zu freuen, ganz ehrlich und ohne jeglichen Hintergedanken, ganz ohne Angst im Herzen, ohne Wehmut in den Gedanken, denn ihr Geist war endgültig von aller Droge befreit. Das Bilsenkraut verblich in weiter Ferne. Ja. Bald würde sie ihre große Schwester sehen können. Sie wünschte es sich so sehr, dass ihre Hoffnungen nicht trogen.

Gackerndes Geschrei, zerhacktes Gezeter, keifendes Gekrächze, abgrundtiefes bös-schwarzes Kreischen reinweißer Hühner, drei, vier, fünf, zehn, zwanzig auf einmal, die sich in den Federn lagen, die sich balgten, Federn und Flaum ausrupften, dass diese nur so stoben. Reinweiße Hühnerweiber, die sich mit roten Kämmen und Kehllappen schlugen, mit scharfen Schnäbeln gegenseitig zerrten, bissen und verschlissen und die sich ohne die geringste Hemmung auch noch gegenseitig die Flügel ausrissen, sodass die Kämpfenden nicht einmal mehr zu flattern imstande waren. Es waren kreischende Federwalzen, die über eine reinliche, nahezu aufgebauschte Wolkenpracht sausten, solange über Wolkenwatte preschten, bis die kriegerische Hühnerschar, ganz in ihre Prügelei vertieft, nach und nach den Halt verlor, schon beinahe ganz zerpflückt und gänzlich hinüber aus allen Wolken fiel, auf einem tiefer gelegenen, schwebenden Wolkenfeld auf ein anderes Kampfgeschwader traf, wo nun jeder über jeden herfiel und sich prügelnd zu einem federnspeienden Knäuel einte. In seiner wirbelnden Mitte trafen Kopf auf Füße, Klauen auf Schnäbel, Augen auf Hühneraugen. Die Streitlust wurde noch lüsterner, gefräßiger, und schwoll, Hiebe verteilend, einem fernen Höhepunkt entgegen. Der kratzbürstige Knäuel drohte, rollend und Federn ausstoßend, sich selbst zu verdauen, während die wahnwitzigen Hühner in seinem Innern sich weiterhin fleißig hackten, sich bolzten und wrangen und nur noch aus Gefieder zu bestehen schienen, dass es zu rupfen galt, bis die Wüteriche sich aus diesem Zustand durch einen eher lauen Knall lösten. Die Explosion ergoss sich friedlich in einen gesitteten Schwall fliehender, treibender Federn.

Doch floss bei all dem Wüten nicht ein Tropfen Blut. Noch immer hörte man den sterbenden Schlachtruf, obwohl nicht einer krähte: „Kein Platz ist da! Kein Platz ist da! Kein Platz warrrrrr da!" Das Gegacker verstummte auch irgendwann. Wolken von ausgerissenen Federn und Daunen ergossen sich nochmals, weil eine zweite Explosion folgte – verhaltener und bescheidener noch als die davor –, und in einem einzigartigen Wirbel trieben die, die hier den Tatbestand der Vergänglichkeit bewiesen und trotzdem Neues schufen, über den Rand des Wolkenreichs, wo sie nun endlich ganz und gar stille, als lauterer, weißer Schnee der Erde entgegentrudelten.

Und weiter ging das Gerangel. Nicht mehr in der Nähe, aber doch noch in den Weiten der Wolkenfelder gab es genügend Hühnervölker, die sich stritten, bis auch der letzte Federkiel gerupft war. Denn in diesem seltsamen Krieg gewann niemand. Das zerstörerische Theater dauerte so lange, bis nach jeder neuerlich Federn abstoßenden Stille Ruhe einkehrte und kein Huhn mehr übrig war, welches von Wolken stürzen konnte. Ein nachhaltiger Eindruck blieb der einzigen Zuschauerin dennoch. Besser hätte Elisas Begrüßung nicht ausfallen können. Das kämpferische Geschrei noch in ihren Ohren, konnte auch die besinnliche Sanftheit des gelben Lichtes nicht abmildern, was sie mit ansehen musste. Dieses Wolkenreich schien durchaus kein ruhiger Ort zu sein.

Stünde Elisa nicht gerade auf einer Wolke, hätte sie sich vermutlich auf dem Boden der Tatsachen wiedergefunden. In ihrem freudvollen Höhenflug – bedingt durch den himmlischen Aufstieg, mischte sich der bittere Tropfen von Wehmut. In diesem Moment wünschte sie sich nichts mehr, als wehmütig ihr wundes Herz zu streicheln, denn kein anderer tat dieses ja für sie. Sie fühlte sich wie ein Irrlicht, das unbeirrt in die Irre lief, weil es den Weg, den es verlassen hatte, nicht mehr finden konnte. Nun wollte sie sich nur noch umdrehen, um in die Tiefe zu starren, um sich zu vergewissern, ob es ein Zurück für sie noch gab. So schnell sie konnte, wollte sie die Trittsteine wieder hinunter eilen – der Erde entgegen. Die Erde kannte sie, die war ihr wenigsten nicht fremd, und nach Hause finden würde sie schon irgendwie. Dort gab es auch volle Tassen mit Tee. Ein Fuß senkte sich schon dem nächsten Trittstein entgegen, der andere Fuß drohte zu folgen, als ein neues, verwirrendes Geräusch ihrem zögerlichen Abstieg Einhalt gebot.

Ein Gesang, gedämpft, kaum hörbar, doch viel zu wunderbar, um überhört zu werden, weil es doch Leben verhieß und zu teuer schien, um ihr Gehör gänzlich davor zu verschließen, hielt Elisa vom nächsten Schritt zurück. Nicht weit von ihr auf einer anderen Ebene und ohne weiteres erreichbar für sie, sah sie ein ovales Gebilde, von dem die musikalische Stimmung ausging, aufrecht und beinahe zur Hälfte in einer der Wolken versenkt. Während der Fuß noch immer trödelte, zitternd über dem Tritt in der Luft hing, entschloss sich ihr Geist schon anders. Bis die Unentschlossenheit in ihrem Körper wieder zu einer Einheit zusammenwuchs und ein Ganzes bildete, verging nicht sehr viel Zeit, denn Zeit wurde an diesem Ort nicht so bemessen wie auf Erden normalerweise. So verging die Zeit hier oftmals wie ein einziger Sprung, oder verging gleich in mehreren großen Sätzen. Schnell und umsichtig begann Elisa, wie ein Hase auf der Flucht über Wolkenhügel und durch wolkige Täler zu reisen. Dann und wann überbrückte sie schon einmal eine Lücke zwischen den Wolken mit einem einzigen gewaltigen Satz, bis sie endlich das ovale Gebilde erreichte. Was hatte sie denn schon zu verlieren? Doch wohl nur den Boden unter ihren Füßen und der war ihr doch längst abhanden gekommen.

Ein Ei ragte vor ihr auf – nicht klein und auch nicht übermäßig groß. Doch immerhin schuf es für die staunende Bewunderin einen tiefen, tiefen Schatten, der sie ganz und gar auszufüllen schien. So war es. Ein Ei ragte vor ihr auf, durchsichtig und zerbrechlich, da es ganz aus Glas zu bestehen schien und war doch so übermächtig in seiner vermeintlichen Zerbrechlichkeit, weil es einen Lebensfunken barg. Das versiegelte Gefäß war nicht leer, sondern angefüllt mit quirligen Leben, was der ruhelose Inhalt auch gerne zur Schau stellte. Denn er bewegte sich da drinnen recht unbändig, drehte und wendete sich hin und her, wie ein Aal auf Salz, und sang dazu noch mit angefüllter Inbrunst, ein schräges Liedchen in sündigem Misston:

„Bald breche ich aus aus meiner Enge,
entfalte mich zur ganzen Länge.“

Wieder und wieder erklang die Strophe. Elisa ging lieber gleich ein paar Schritte rückwärts, wich vor dem durchsichtigen Oval zurück. Ihr Misstrauen schien zu gesunden und ließ Elisa vorsichtiger handeln. Das Wolkenreich war ihr nicht geheuer und das Ei erst recht nicht. Noch wusste sie nicht, was ihr dieser Ort in den Wolken überhaupt zu bieten hatte. Doch nach dem, was sie bislang miterleben durfte, war sie sich überhaupt nicht sicher, ob die singend dargebrachte Strophe aus dem Ei trotz all ihrer Kürze nicht an irgendeiner Stelle eine versteckte Botschaft enthielt, eine heimliche Aufforderung an das wolkige Umfeld, in einen neuerlichen Krieg auszubrechen.

Die Larve im Inneren des Eies machte indes keinerlei Anstalten, sich auf Elisa zu stürzen. Doch traute sie dem Frieden noch lange nicht, sondern besah sich lieber das Geschöpf in seiner gläsernen Höhle. Wie absonderlich! Kein Huhn, noch nicht einmal ein Halbes und auch kein Küken füllte die Leere des wohligen Raumes. Ruhig wurde es nun da drinnen. Ein nackter Engerling harrte in seiner Mitte aus, kauerte sich zusammen, kugelig, eingerollt und knitterig, erstrahlte in einer reinen und vornehmen Blässe, klammerte sich feste an den erschlafften Dottersack, quetschte mit seinen schlaffen, Weichheit ausstrahlenden Griffeln die letzten Reserven an Nährstoffen heraus und wartete leise sinnierend, zwischendurch auch summend, auf seine Geburt.

Dennoch, nichts sollte ohne Mühseligkeit geboren werden. Was so selig wirkte, musste nicht auch selig sein. Erst musste zerstört werden, was behütet hatte. Der Engerling im Ei dehnte sich aus, begann sich zu entfalten, um zumindest den Versuch zu wagen, mit der so geschaffenen Größe den begrenzenden Raum zu sprengen. Noch weiche Fingernägel schabten über gewölbtes Glas. Daumen und zarte Fingerchen entkamen kraftlosen Fäusten und übten sich in zielenden Bewegungen, schlossen und öffneten sich, nahmen so an Kraft und Geschick zu, suchten spielerisch einen Weg, um einen Ausbruch durchzuführen. Es wurde gedrückt und geklopft, geschlagen und behandelt. Keine der Taten im Inneren des Eies hinterließ irgendeine Spur auf der ebenen Fläche, nichts schuf einen bleibenden Eindruck, die das Ei zum Bersten gebracht hätte. Schließlich griff man zu unlauteren Mitteln. Als wäre der mögliche Ausbrecher mit einem Male mit der Gewissheit geschlagen, was er zu tun hatte, gab er das zum Besten, was er noch weniger zu beherrschen verstand als seine Fingerchen – seine Stimme:

„Ich breche aus aus meinem Ei
und bin dann zumindest frei.“

Wieder wurde der einsame Gesang angestimmt, lauter, falscher und schauerlicher denn je. Ärger hätte er gar nicht kommen können.

„Höre auf den Sinn des Seins,
entdecke Schönheit auch im Schrei.“

Der Sänger im Ei suchte sich, während er noch seine Stimme stimmte, die höchste Stimmlage aus, die es gab, um diese großmütig zu missbrauchen. Für Elisa wurde es unerträglich, zuzuhören. Mit beiden Handflächen hielt sie sich fest die Ohren zu, drückte, faltete, quetschte und rollte zusammen, was sich zu rollen bereit war. Ihre Hände versuchten zu helfen, wo sie nur konnten. Doch entkommen konnte sie dem so inbrünstig dahin geschmetterten Gesang dennoch nicht. Denn hohle Hände halfen nicht sehr bei verdorbenem Ohrenschmaus – wo sonst doch nur Wachs zum Einsatz gekommen wäre, und so hoffte sie flehentlich, dass der hohe Ton bald abebbte und die Stimme des Sängers in der Endgültigkeit erstarb. Von einer eventuellen Schönheit im Gesang wurde sie jedenfalls nicht betört, eher war sie versucht, flott und diesmal endgültig das Weite zu suchen.

Elisa hätte das Feld geräumt – ganz gewiss. Wenn nicht plötzlich und das ohne die geringste Vorwarnung das unzensierte, unmusikalische und unstimmige Werk eines gänzlich unfähigen Chores, einer einzigen wogenden Welle gleich, über ihrem Kopf zusammengeschlagen wäre. Der Triumphschrei ungezählter Trompetenhälse in gläsernen Eiern ähnelte dem allerletzten Hilfeschrei vielfach gewürgter Kehlen. Doch war es kein Klagegesang, der da ertönte und die Wolken in Unordnung brachte, das war das Freudengeheul vieler, vieler Stimmen, über das Wunder der Geburt. Ganz betäubt von der geballten, schrägen Sangeskunst landete Elisa ziemlich heftig, aber dafür umso weicher, auf ihren vier Buchstaben. Danach verfing sie sich zu ihrem Schrecken in einem noch größeren Durcheinander. Die Wolken schienen plötzlich kopf zu stehen, als wäre es ganz selbstverständlich und somit auch alles Geschehen auf ihnen. Sie steckte mit den Füßen in einer Wolke fest, hing kopfüber über im leeren Raum und die Arme baumelten dazu in der Luft. Haare verbargen die Sicht, ringelten und rekelten sich obszön aneinander

Balance
13.05.08

wie Fleisch gewordene Sünden, Haarspitzen reckten sich wiederum zischend der Wolke über ihr entgegen.

„Lasse los, lasse los. Lasse es geschehen!“ Der Ruf aus der Tiefe wurde fast übermächtig und jene Marter dauerte solange an, bis die Welt um sie herum sich erneut zu ordnen begann. Plötzlich drohte sie nicht mehr zu fallen, steckte nicht mehr verkehrt herum in der Wolke, sondern fand sie sich stehend, etwas strauchelnd, auf einer jener Wolkengebilde wieder. Kehlige Stimmen, hundertfach und überall zugleich, schwollen an, dehnten empfindliche Trommelfelle ins Unerträgliche, vereinten sich zu einem einzigen grausamen Schrei. Eier, die klirrend und grundsätzlich lärmend, in Abertausende Glasscherben zersprangen und ihre Umgebung mit überschäumender Freude bombardierten. Splitter flogen, sausten durch die Wolken, rissen Löcher in die weiße Duftigkeit und prasselten dann als gefrorenes Wasser auf die Erde nieder. Elisa stellte fest: Engelsgesang war für menschliche Ohren gänzlich ungeeignet.

Wollte man Löcher im eigenen Pelz und einen dauerhaften Dachschaden vermeiden, sollte man sich bei einem Hagelschauer schnellstens den nächstgelegenen Unterstand als Schutz suchen, so meinte Elisa sich zu erinnern: Ein Busch oder ein Baum hätte diesem Drang vielleicht auch Genüge getan. Im Wolkenreich hingegen gab es scheinbar in dieser Richtung nichts Verwertbares, zumindest fand sie so schnell nichts Passendes.

Wolke trieb vor Wolkenfeld, Wolke rammte Wolkenturm, verschwand im Wolkenfeld und unbekleidete Engel mit vornehmer Blässe gaben sich dazu trotz schärfster Beschießung unberührt, glitten geschäftig dahin oder saßen auch schon einmal nur so herum und trockneten in aller Seelenruhe ihre Flügel oder strichen die noch feuchten Federn selbstvergessen mit ihren Fingerspitzen glatt.

25.05.2008

Elisa fiel nichts Besseres ein, als sich flach auf eine Wolke zu werfen und Arme und Hände um den Kopf zu schlingen. Zitternd blieb sie liegen, hoffte inständig auf körperliche Unversehrtheit, nachdem sie diese erst so kurz zuvor so unversehens zurückerlangt hatte. Deutlich spürte sie den Lufthauch, wenn einer der Splitter an ihr vorbeischoss, musste aber ab und an auch fürchterlich lachen, wenn sie von einem der Hagelkörner getroffen wurde. Bald konnte sie nicht mehr an sich halten und wurde regelrecht hysterisch. Sie prustete laut los, lachte bei jedem neuen Treffer, lachte sich beinahe ein tiefes, tiefes Loch in den Bauch. Lachkrampf folgte auf Lachkrampf, bis der Bauch nur noch kniff und der Atem pfiff – so erstarkte Muskulatur auf die brutalste Weise. Trotzdem! War das alles? Trug sie keinen anderen Schaden davon, als Lachanfälle über sich ergehen zu lassen? Hatte sie nichts anderes zu befürchten, als dass sie Tränen lachte? Die Zweifler blieben vorsichtshalber liegen. Ihr Unterbewusstsein zählte sich zu ihnen. Erst als der Hagelschauer vorbei war, richtete sie sich auf.

Rege Betriebsamkeit um sie herum war in vollem Gange und mit der vorübergehenden Gleichmut schien es vorbei zu sein. Die vormals sorglosen Geschöpfe – nun mit geglätteten Flügeln –, weiblichen und männlichen Geschlechts gleichermaßen, trieb es um wie Bienen in einem Bienenstock. Auf jeder Wolke schien etwas anderes zu geschehen, ein anderes Bild zu entstehen. Wo vorher nichts gewesen war außer welligem Weiß, entstanden kleine Welten und das ohne Unterlass und mit zunehmendem Tempo. Veränderungen badeten im warmen Licht, wurden in gelber Wirklichkeit gebleicht, als wäre all das ganz selbstverständlich, was dort geschah. Elisas Horizont begann sich im wahrsten Sinne zu weiten.

Doch bei allem, was die Engel taten, war die Unschuld der Neugeborenen dabei. Es gab nichts, welches als schlecht oder böse gemünzt worden wäre. Trotzdem schienen die frisch Geschaffenen

08.06.01
Apfel im Himmel

alle auf einmal, allesamt zur selben Zeit von der Geschäftigkeit und dem Rausch der Bewegung berührt worden zu sein. Ihr Treiben brachte Elisas Blicke in Unordnung. Da wurde geturnt, ausgelassen getobt, miteinander gespielt, sogar gerauft, wobei der Wolkengarten im Wolkenreich wieder zu einem stillen Ort wurde, denn kein Laut drang an Elisas Ohren. Elisa fürchtete zu träumen. Da gab es auf den Wolken plötzlich Blumen, die gepflückt werden mussten, Gemüse, das gehegt, gepflegt, geputzt und mit grauenhafter Hingabe poliert wurde, aber sich auch trefflich als Spielgerät eignete: Karotten, Erbsenschoten, Spargel, Paprika, Tomaten, Gurken, Brokkoli, Blumenkohl, Kohlrabi, roter und auch gelber Kohl und viele, viele andere Gemüsesorten und ebenso der Sellerie, was Elisa nun gar nicht verstehen konnte, denn sie hasste Sellerie, besonders in Suppen. Kartoffeln rollten über Wolken, verloren ihre braunen Stellen. Die Zwiebeln folgten in einem Strom aus Tränen gleich hinterdrein, verloren sich in kugelnder Bewegung und häuteten sich bei jeder neuen Drehung wie selbstverständlich, wobei die betreuenden Engel mit Tränen in den Augen weiter greinten und stumme Schluchzer wie Perlen verloren.

Schließlich gab es auch eine Obstebene, die weniger deftig roch als das gemeine Gemüse und doch mehr einem versüßenden Versprechen entsprach, so, wie man es sich zurecht denken würde, aber es schien genauso fehl am Platze: Kirschen, die in den Wolken entstanden, ohne jemals einen Baum gesehen zu haben, Erdbeeren, die die Erde nicht vermissten, und alles Obst, was man sich nur wünschen konnte, selbst die Weintraube ohne Stock, die Banane ohne Staude und Blätterhaube war mit von der Partie.

Mit Essen spielt man nicht. Diesen Tadel hatte Elisa noch gut in den Ohren. Den Engeln war diese Maßregelung unbekannt. Bessere Turngeräte für die körperliche Ertüchtigung schien es für die bleichen Geschöpfe gar nicht geben zu können. Jedes Gemüse, jedes Obst wurde so genutzt, wie es sich anbot. Selbst der angrenzende

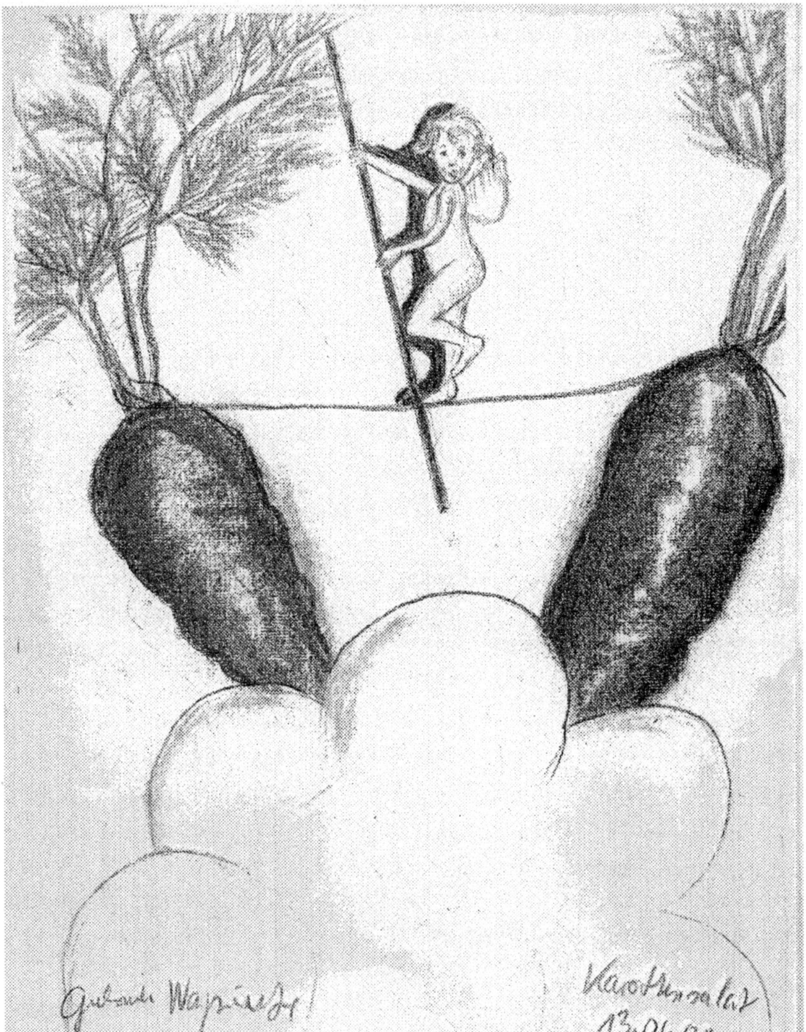
Karottensalat
13.06.08

Kräuterwald in seiner Baldrianbegrenzung lud den völlig aufgelösten Engel zu einer Verschnaufpause ein, um in sich zu ruhen. Doch für ein beruhigendes Schläfchen war keines der Himmelswesen bereit. Ruhe war etwas, das sie gerade nicht benötigten, zu lange hatten die gläsernen Eier ihre bleichen Insassen in ihrer Entfaltungsmöglichkeit eingeschränkt. Dieses hier war nun wirklich kein ruhiger Ort mehr, an dem man sich beschaulich auf einer Wolke lümmelte und sich darüber selbst vergaß. Es wurde geschaukelt, geklettert, gehangelt, gerutscht, balanciert, jongliert und alles erprobt, was sich zum Ausprobieren hergab.

Bald sah Elisa den ersten Engel, der auf einem kugelrunden Pony ritt, sich recht verbissen an die Zügel klammerte und mit ihm über die Wolken trabte. Schon kurz darauf konnte Elisa das nächste bizarre Paar ausmachen, ebenfalls ein sehr dickes Pony, welches durchaus nicht unglücklich wirkte, und ein schlanker, weißer Engel, der in Wild-West-Manier mit stummem Indianergeheul und Glückseligkeit in den Augen an ihr vorbei ritt. Die ungleichen Paare mehrten sich, bis die Ponys knapp zu werden schienen und die Engel zu zweit, zu dritt oder zu viert auf ihnen hockten oder turnten und somit wiederum ihren akrobatischen Neigungen frönten. Kunststücke vorzuführen, schien ein annehmbares Laster in den Wolken zu sein. Nichts geschah mit Hast oder Unruhe, denn es geschah, weil es geschehen durfte. Und das ewige gelbe Licht beschien auch weiterhin jede dieser Szenen, ohne sein Strahlen zu verlieren. Was Elisa erlebte, was sie sah, war ein Bild von der Gleichmut und dem Frohsinn des Wirkens, welches sich in der gelben Wärme der scheinbaren Unendlichkeit widerspiegelte.

Das Spiel der Engel dauerte so lange an, bis das ewige gelbe Licht, das so ewig dann doch nicht war, sich ins Orange färbte und der Tag in aller zur Verfügung stehenden Langsamkeit verblasste. Alles reihte sich ein, in einem neuen Zyklus. Lautlos tauchten Eier aus den Wolken auf, dort, wo noch Platz für sie war, schoben

sie sich, schraubten sie sich mit Macht in die Höhe, mitten in die rumpelnde Stille wuchsen aus dem wolkigen Flausch wie zuvor schon das Gemüse und die Früchte, schienen aber weniger bunt, dafür ebenso weiß und rein und undurchsichtig zu sein, wie es sonst nur die Engel waren. So hatte Elisa die Eier im Wolkenreich noch nicht sehen dürfen. Diese ovalen Gebilde schienen in keinerlei Hinsicht besonderen Wert auf einen guten ersten Eindruck zu legen, eher wirkten sie auf Außenstehende recht verstockt, gaben sich in ihrer gesamten Schöpfung geheimnisvoll und unnahbar. Ganz offensichtlich zeigten sie sich entschieden weniger offenherzig als die Bruthöhlen davor, deren durchscheinenden Schalen schon gebrochen und deren gläsernen Scherben so viele fleißige Engel entfleucht waren – die Geburt von Engeln. Doch war dieses Geschehen bereits vergangen und nur noch Erinnerung. Keines dieser neuen jungfräulichen Kalkgebilde indes wollte scheinbar sein Innerstes vor der Zeit preisgeben.

Eine große Henne, sehr viel größer und weißer als die anderen Hühner, die es vor gar nicht allzu langer Zeit, in sämtliche Bestandteile zerlegt, von den Wolken geweht hatte, eilte nun in wichtigtuerischer Manier herbei, umkreiste jedes Ei dabei in stolzierendem Gang, gackerte dazu äußerst zufrieden, gackerte und gluckste auch weiterhin, umrundete die Ansammlung weißer Verheißungen mit wachsenden und sichtlichem Besitzerstolz, schüttelte die fleischigen, roten Kehllappen vor Erregung, die noch röter wurden als zu Beginn der Inspektion, blickte und nickte auch weiterhin auf ihrem Weg, so lange, bis das große Huhn plötzlich stutzte. Da erst eilte es Elisa entgegen, die sich flugs ebenso näher traute. Schließlich sah sie doch nur wieder ein Huhn vor sich und meinte, dass das ein Umstand war, den sie nicht zu fürchten brauchte, weil der gefiederte Vogel doch sicherlich gleichwohl wie seine Artgenossen platzen würde, um auf Erden ein gepflegtes Schneegestöber verursachen zu können.

Hoch zu Roß u. vorgeführt
25.05.08

Doch die Absichten der beiden näher rückenden Individuen waren gänzlich unterschiedlich, wie sich bald zeigen sollte. Zu Beginn noch Schritt für Schritt, wenig später aber schon wie ein Berserker auf Rädern, und noch bevor der kesse, zweibeinige Eindringling von der Erde etwas unternehmen konnte (was vielleicht in der unmittelbaren Nähe dieser Art von Schätzen in Eiform sowieso nicht angebracht gewesen wäre), brach das erboste Geflügel wie eine ihr noch unbekannte, nicht mehr bremsbare Naturgewalt über Elisa zusammen. Federn flogen, Flaumfedern wehten und kitzelten, doch nichts löste sich auf, denn der Hühnervogel blieb dreist nach der beiderseitigen Notbremsung vor ihr hocken und barst eben doch nicht vor ihren Augen in kleinste Teile.

Aber es kam noch schlimmer. Das große Huhn baute sich vor Elisa auf, plusterte sich vor ihr auf wie ein einziger schneeweißer Wolkenberg aus aufgebrachten Deckfedern und Daunen, Kamm und Kehllappen schwollen nochmals an und dabei verdeckte das große Tier mit seiner enormen Größe sogar die untergehende Sonne, sodass es mit einem Male Nacht ward. Immer noch recht ungehalten, gluckerte und gackerte das Federvieh in der Finsternis weiter drauf los.

Rücke von meinen Eiern ab!
Was hast du hier überhaupt zu tun?
Tritt nicht näher an meine Kostbarkeiten heran!
Sonst hacke ich,
sonst packe ich dich,
sonst knacke ich dich dumme Nuss im Nu!
Viel zu früh bist du ungezogene Göre doch dran.
Ha! Konntest auf Erden der Versuchung nicht widerstehen?
Doch hier wird es dir auch nicht viel besser gehen!
Denn viel zu früh bist du doch dran.
So früh, dass ich dir nicht helfen kann!

„Ich will nur meine Schwester wieder haben“, wagte Elisa dem weißen Wolkenberg ihren Einwurf recht kleinlaut mitzuteilen. „Ich will nur Martha wieder mitnehmen.“ Sie fuhr sich mit der Hand über die feuchte Stirn. „Und außerdem, süchtig bin ich kein bisschen. Sieh doch nur, mein Geweih ist fort.“

„Pah“, machte da nur das große Huhn.

Elsia reckte sich und versuchte, etwas hinter dem großen Huhn zu erkennen. Sie hoffte auf ein engelloses Pony, auf das sie sich schwingen konnte, um dem Federberg zu entkommen. Hinter dem großen Huhn ging gerade der Mond auf, einzelne Sterne blinkten. Engel tauchten wie weiße Gespenster aus den Wolken auf, traten näher, scharten sich zu vielen – und zu vielen Ungezählten mehr um die beiden Kontrahenten, dem riesenhaften Tier und nicht Elisa durch ihre engelsgleiche Zwergenhaftigkeit und ihrem stillen Gesang Schutz zu bieten.

Du hast dich verirrt, mein Kind,
hier bist du verkehrt.
Kehre um geschwind.
Und stelltest du auch kein Gesuch.
Die Einigung mit der Schwester sei dir verwehrt.
Hörst du den Wind denn nicht,
der dich mit Kraft fortzutreiben sucht.
Nimmt der Wahn der Sucht dir noch immer die Sicht?
Auf deinem törichten Handeln liegt ein böser Fluch.

Eine einzelne Windböe ließ den Hühnervogel und die Engelarmee außer Acht, erfasste nur Elisa und schüttelte sie kräftig durch. Sie schluckte, versuchte sich zu sammeln und blieb stumm. Was war das nur für eine Behandlung? Und was sollte das heißen, sie gehörte hier nicht her? Elisa hatte doch gar nicht vorgehabt zu bleiben.

Endlich wähnte sie sich am Ziel. Sie wollte nur noch schnell die Schwester einsammeln und gleich danach wieder fort.

„So, wie du dir das denkst, so geht das nicht“, gackerte das große Huhn als Antwort auf Elisas Gedanken.

Konnte das ein schlechtes Zeichen sein, wenn Hühner Gedanken lasen? Das Geflügel plusterte sich abermals auf, noch mehr als zuvor und wuchs sich so ganz allmählich zu einem eigenständigen Gestirn zu Recht. Ein Gestirn, das seine Engel sofort zu erklimmen versuchten. Unbeeindruckt von den Klettermaxen auf sich, nahm das große Huhn noch mehr an Körpermaßen zu, ging förmlich aus dem Leim wie ein aufgehender Hefekloß und verdeckte dabei bald nicht nur den runden, runden Mond und die Sterne, die ihn einrahmten wie ein Bild, sondern auch den gesamten, mit Planeten und Monden, sterbenden Sonnen, weißen und roten Zwergen und noch mehr explodierenden Zwergen in anderen Farbnuancen, den ganz und gar angefüllten, ewigen Himmelsraum mit seiner beeindruckenden Schwärze, gespickt mit eben jenen schon erwähnten Objekten, die sich rührten oder eben nicht mehr rührten. Und trotz seiner Herrlich- und Unendlichkeit war es doch nicht mehr als ein dunkles Loch, in dem es kalt schimmerte, hell oder weniger hell. So könnte man meinen. Ein Loch, voll von düsterer Schwärze, welches gebar, dahinsiechte und auch weiterhin starb. Der Anblick des Universums, nun viel zu nah, aus ungewohnter Perspektive, offenbarte ihr entschieden zu freizügig den Hintergrund seiner Existenz. War es nicht so? Die Unendlichkeit des Alls blieb endlich und war nicht mehr als ein übergroßer Kreislauf für ein anderes Leben und ein anderes Sterben. Für Elisa war diese Gewissheit beinahe greifbar. Und wirklich, nichts von alledem schien mehr sein zu wollen. Das Universum schien zu sterben und es gab wohl fortan nur noch Huhn. Denn das große Huhn wuchs und wuchs, wuchs in die Unermesslichkeit und begann, beinahe jeden Lichtblick zu verdecken.

Elisa und die Engel, die bei ihr gelassen wurden, schrumpften im Verbleiben, wurden kleiner als klein, verwandelten sich in krabbelnde, bleiche Nichtigkeiten, verwandelten sich in Verbliebene eines gelben Wolkenreiches und die arbeitswütigen Engel im Gefieder des großen Huhnes entrückten mitsamt gespreizter Federn, um deren Reinlichkeit sie sich so pfleglich sorgten, rückten vor in ferne Größen, so groß oder klein wie eh und je – doch ausnahmslos weit entfernt, während das Federvieh, welches sie mit sich nahm, sich zu einem fernen Riesen entwickelte. Ellenlange, riesenhafte Federn, die eine ganze Armee zwergenhafter Engel wienerten, bürsteten, glätteten, während das große Huhn sich immer mehr ausdehnte und der Kopf des Federtieres sich dem Wildwuchs des Körpers noch anzupassen versuchte – sich schließlich in den Wachstumsprozess doch einstimmte, bis beide Teile, Kopf und Torso, gleichmäßig an Größe zunahmen. Der Kopf des großen Huhnes und Engel, sie alle rückten in die Weite der Entlegenheit und je gigantischer das große Huhn wurde, umso mehr gab es für die Engel auch zu tun. Der Beweis: Staub und Federn prasselten auf die verbliebenen Engel und Elisa, zu Füßen des Huhnes, herab.

„So ein Kräutlein“, hallte es von dort oben herab. „So ein Kräutlein, welches du genossen hast, hat dich lange vor deiner Zeit abstürzen lassen. Denn nicht jede Liebkost ist für den menschlichen Genuss gedacht“, gackerte das große Huhn weiter. „Dumme Nuss, du! Ein verbotenes Kräutlein war das, von dem du so bereitwillig genommen hast. Ein Kraut, das sich in so viele Namen kleidet: Tollkraut, die Unbezwinglichen der Götterbohne, das Teufelsauge. Bilsenkraut. Soll ich mehr erzählen? Eine in die Gestalt einer Pflanze gezwungene Offerte des Teufels – eine gelungene, eine Geist füllende Offerte an einen schwachen Menschen, wie man nun sieht. Ein teuflisches Angebot, dem der Schwächling nur zu gerne unterliegt. Du kannst dich getrost zu ihnen zählen. Gratuliere! Wie erbärmlich du doch bist.“

Das Huhn fuhr fort zu zetern. „Da hast du noch mehr von diesem Pflänzchen. Teufelszeug. Stopfe dir nur alles recht schön in deinen Mund.“ Das große Huhn öffnete den Schnabel wie ein Wasserspeier und schon fiel Elisa das Kraut, dessen Geruch ihr nur zu bekannt vorkam, vor die Füße. Beinahe hätte sie der umfangreiche Kräutersegen mit seiner gebündelten Macht erschlagen. Sie hob den krautträchtigen Blätterreigen auf, Schwarzes Bilsenkraut, Schaft für Schaft, und konnte mit den Armen doch gar nicht so viel umfassen, wie sie es gerne getan hätte. So drückte sie nur ihre Nase in den stinkenden Strauß und schnüffelte sehnsuchtsvoll daran herum. „Du solltest dich um das Wohlbefinden deines Riechorganes besser kümmern. Das Totenblumenkraut. Erkennst du es? Erkennst du die Stinker? Ach, was erzähle ich dir denn? Du riechst ja auch jetzt noch nach verdautem Kraut. Hast den genossenen Gestank von der Erde gleich mit hoch geschleppt. Deine Kleidung, deine Haut, deine Haare, alles stinkt nach Tod. Totenblumenkraut. So viele Namen für ein und dieselbe Pflanze, mit ein und derselben Wirkung – einer überaus verheerenden. Begreife es! Dieses Kraut steht für etwas, das nicht Gutes bringen kann. Es steht für etwas, das täuscht und dich Dinge sehen lässt, die nicht vorhanden sind.“

Ein tiefes Grollen entrann der mächtigen Brust des großen Huhnes. „Ein schwacher Geist, der sich auf Suche begibt, konnte der Versuchung nicht widerstehen. So verhält es sich. Du besitzt solch einen schwachen Geist, oder besaß er dich? Die Versuchung, der du erlagst, wurde zur Sucht und nun bist du das, was du bist, und gehörst nirgends mehr wohin. In deiner Welt, auf der Erde wird dein Anblick kein Anblick mehr sein, denn man sieht dich nicht, und hier in meinem Wolkengarten will ich dich nicht sehen. Du hättest besser die Finger von dem Kraut lassen sollen!“ Das große Huhn schüttelte sich in der Entfernung. Worte hallten nach und Federn flogen. Überraschte Engel im Gefieder hielten sich fest, da wo sie Halt fanden. Für einige war es dennoch zu spät, denn wenn sie auch

Flügel besaßen, konnten noch nicht alle fliegen. Lose Federn von einem Windhauch getragen, entführten eine Handvoll von ihnen, retteten die flinken Helfer aus der Putzkolonne. Fest klammerten sich die kleinen Helden an ihre fedrigen Entführer, als hinge ihr Dasein davon ab, bis sie endlich auf die Idee kamen ihre eigenen Flügel zu gebrauchen. Sie waren überaus schlechte Flieger und so dauerte es, bis sie das große Huhn erreichten, um ihr pfleglich Werk im Federberg fortsetzen zu können.

„Warst du nicht auf der Suche nach deiner Schwester? Dein Schwesterlein, soviel will ich dir sagen, ist längst geschlüpft. Sie dürfte hier auch irgendwo sein. Oder ist Martha vielleicht schon wieder fort? Sieh dich nur um, vielleicht erkennst du sie ja unter den meinen wieder."

„Ach, wie soll ich sie nur finden. Denkst du, ich habe mich noch nicht umgesehen? Keiner der Engel sieht so aus, wie ich meine Schwester kannte." Ihre Blicke streiften trotz alledem suchend umher, versuchten zu durchleuchten, zu erkennen, was sich in dem blassen Inneren dieser Geschöpfe versteckte.

Auch der Blick auf das große Huhn wurde abschätzender. Anscheinend schraubte sich das große Federtier noch mehr in die Höhe und ließ viel Hühnerbein erkennen. Hühnerbeine, die an die Stämme von Mammutbäumen erinnerten. Einer der befiederten Drudenfüße in Klauengestalt hob und schwebte über dem Wolkenreich, senkte sich und hämmerte aus reinem Unmut auf das Wolkenweich, klopfte Wolken windelweich. Der große Vogel plusterte sich auf, wieder ohne Rücksicht auf die Engel in seinem Gefieder zu nehmen, und dann schien dem Tier jäh die Luft auszugehen. Wie ein Ballon, dessen Inhalt durch ein Leck entwich, schrumpfte das Federvieh in sich zusammen. Der Himmel errötete und die Sonne kam hinter dem großen Huhn zum Vorschein.

„Morgenrot bringt Kummer und Tod", hörte Elisa die Engel neben sich in der klingenden Stille singen. Die Morgendämmerung brach über alle herein, während das große Huhn noch kleiner wurde. Als das gelbe Licht der Sonne jeden Winkel im Wolkenreich füllte und keinen Schatten mehr zuließ, hatte auch das große Huhn endlich seine normal große Gestalt wieder erlangt. Die Engel rutschten aus dem Gefieder und plumpsten wie überreifes Fallobst in die Wolken.

„Hallo! Wie soll ich denn Martha finden?" Ohne, dass man Elisa je eine Antwort auf ihre Frage gegeben hätte, brach mit dem jungen Morgen eine neue Geschäftigkeit aus.

Die blassen Engel begannen mit Emsigkeit, die nachgewachsenen Blumen zu pflücken, die jäh aus den Wolken sprossen, brachen auch weiterhin gern im Vorbeigehen Blümchens Genicke, trennten mit Wucht und hergezaubertem Beil stolze Köpfe von Stielen, verflochten Pflänzchen mit Pflänzchen, wanden diese in blumige Girlanden und wickelten sich, mit Blüten bekränzt und daher mit gekrönten Häuptern, in diese regelrecht ein – vielleicht auch, um endlich ihre Blöße zu verdecken (denn manche waren doch schon arg durchsichtig geworden), und hüpften dazu, als wären sie von Flöhen gebissen worden, recht albern hin und her. Einzelne von ihnen benutzten tatsächlich einmal ihre Flügel, um die Höhe über den Wolken zu erkunden, stürzten aber in den meisten Fällen wieder ab, nicht weil sie der Sonne zu nahe kamen und Wachs geschmolzen wäre, sondern weil sie ungeübt waren und sich in ihre Blumengirlanden verfingen. Sie fielen herab wie ein heftiger Frühlingsregen, schlugen hernieder wie kleine Meteoriten, die in die Erdatmosphäre eingetreten, aber nicht verglüht waren, wobei sie beinahe ausschließlich alle von der Weichheit der Wolken aufgefangen wurden. Diejenigen, die die Wolkenfelder verfehlten, rauschten gleich weiter in die Tiefe und gerieten unterhalb der Wolkendecke. Mit unsäglicher Anstrengung bremsten die viel zu kleinen Flügel den Fall, bewahrten den leichtsinnigen Träger gerade noch vor dem

Eintritt in die weltliche Sphäre und brachten auch irgendwann einmal ihren Engel ins heimische Gefilde zurück.

Ein weiterer Umbruch sollte geschehen. Die weißen, undurchsichtigen Eier brachen indes entzwei. Nicht alle zeitgleich, sondern in unregelmäßigen Abständen. Auch wurde diesmal nicht gesungen. Es wurde gearbeitet. Das große Huhn schloss sich der allgemeinen Hektik an, gackerte, trommelte erneut mit behaarten Füßen auf Wolkenteppichen herum, lief von Ei zu Ei, um das Fortschreiten des Schlüpfens mit Argwohn zu bewachen. Nicht Engel schlüpften, sondern gelbe Küken. Ihr suchender Ruf und das Knacken von Eierschalen störten die empfindliche Stille des Ortes und hallten von den Wolken wieder. Engel eilten recht kopflos durcheinander, befreiten sich händewirkend von geflochtenen Blumen. Nur wenige von ihnen schafften es, sich rechtzeitig zu sammeln, und halfen den Küken auch bei ihrer Geburt. Anfangs noch nass und viel zu erschöpft, um sich nach dem Durchbrechen der Schale zu bewegen, blieben die Gelblinge einfach liegen, als hätte man sie dort auf gelblich weiße Wolken gebügelt. Alle zusammen sahen sie aus der Entfernung nicht anders aus als eine Unmenge zerlaufener Spiegeleier – gelbe Eidotter, die sich über die Reinheit sonnenbestrahlter Watte ergoss.

Auch als die Zeit verging und die Küken trockneten, war keine Zeit, das Leben in Würde zu begrüßen. Einige Frühreife, weich und flaumig, hielten die Wolkenwelt gleich zu Anfang in Atem. Gelbe Küken wuselten wie eigenständige safranfarbige Lichtreflexe über die Wolkenpracht, zeigten sich keinesfalls zahm und brav und blieben an einem Fleck, sondern gaben sich wie rastlose Rebellen, entwischten ihren engelhaften Fängern frech schilpend, auch dann noch, als die Engel schon zu den Pferden griffen. Eine berittene, wilde Jagd trieb bald über die Fülle der Wolken dahin und versuchte, aufsässige Küken einzufangen. Und mittendrin, in dieser

angesammelten Unrast stand Elisa auf einer Wolke, trieb verloren und allein dahin und sah das große Huhn – einmal von nah, einmal in der Ferne.

Gerne hätte sie sich nützlich gemacht. Doch ihr Bestreben, zu helfen, zielte nicht in Richtung Küken. Sie wollte den bleichen Engeln mit ihren vierbeinigen Hilfen nicht ins Handwerk pfuschen. Schließlich schienen deren Bemühungen, die wilde Bande der Küken zu einer Schar zusammen zu treiben, nun doch noch zu fruchten. Flauschige Federbälle färbten die ohnehin sonnendurchtränkten Wolken allein mit ihrer Masse in ein noch kräftigeres Gelb. So hockten sie nun zart piepsend und dicht zusammengedrängt beieinander, auf ein- und derselben Wolkenebene, ordneten sich wie Sonnenstrahlen, die zu Ruhe kamen, und machten diese Ecke des Wolkenreiches nur durch ihre Anwesenheit zu einem noch lichteren und helleren Ort. Und immer mehr von den Widerspenstigen wurden eingesammelt, von Engeln auf breiten Ponyrücken zum großen Huhn befördert, welches die Küken gackernd und schimpfend in Empfang nahm.

Nein. Den Engeln wollte Elisa ihre Arbeit nicht nehmen. Sie verfolgte einen ganz bestimmten Plan. Die Wolkenwelt sollte durch sie von all den unnützen Eierschalen befreit werden. Das war ein feiner Gedanke und darin war nicht der geringste Rachedurst zu erahnen. Es würde ein Leichtes sein, die Scherben der Eier über die Wolkenränder zu schieben und als Hagel auf die Erde niedergehen zu lassen. Dabei wurde sie nicht allein nur von ihren Rachegelüsten verleitet. Wer wollte denn die Nützlichkeit ihres Vorhabens von der Hand weisen? Im Stillen hoffte sie aber sehr, dass zumindest einer ihrer Verführer auf Erden von einem besonders großen Hagelkorn getroffen wurde. Wenn sie die Gelegenheit dazu schon einmal hatte, sollte sie die Gunst der Stunde auch nutzen. Sie wusste nicht, wen sie mehr hassen sollte, die dreiste, lüsterne Wirtshausbande, den Trophäen heischenden, geilen Hirsch, den gerne mordenden,

sabbernden Molch oder die perfide russische Katze mit ihrem Pelztick. Alle sollten verdammt sein.

So begann Elisa also zu schieben. Mit frisch entfachtem Feuereifer ging sie in ihrer Aufgabe auf und hoffte dabei auch ein wenig, durch diese Art von Arbeit zu gesunden. Sie erraffte all die gebrochenen, geborstenen Schalen – Reste des Geborenseins –, schnitt sich oftmals an der zackigen Schärfe von Kalkrändern und wunderte sich noch, dass sie nicht zu bluten begann, häufelte fleißig weiter Scherbe auf Scherbe und schon glitt das erste Stückchen Eierschale über den Rand der Wolke, auf der sie kniete, um kurz darauf schon bei dem zweiten Bruchstück enttäuscht feststellen zu müssen, dass ihre schöne Planung und damit auch die Hoffnung auf Genugtuung, ihr buchstäblich durch die Finger rannen. Jene Schale zerfloss zu einer klaren Flüssigkeit, benetzte ihre Hände und weichte den zerdrückten Stoff des Hemdchens über ihrem Schoss, dessen Falten ihr als Tragehort gedient hatten, bis auf ihr Nachthöschen durch. Sie öffnete ihre Schenkel und schon brach der Damm und die dort angestaute Nässe stürzte wie ein Bächlein über den Wolkensaum hinweg. Was ihrer Eierschale passierte, geschah auch mit den anderen zerbrochenen Eiern. Sie berührte diese nicht einmal mehr und doch verflüssigten sich die zerstörten Schalen wie durch Hexengebot.

Wasser floss, rann in wässrigen Fällen über Wolken, sickerte durch Wolkenwatte, weichte und nässte. Auf der Erde würde es nun in Strömen regnen.

„Wir sind auch vor deinem Erscheinen mit unserem Schmutz zu Recht gekommen! Und warum bist du dir so sicher, dass deine Schwester als Engel wiedergeboren wurde.“ Das große Huhn war neben Elisa aufgetaucht und betrachtete wohlwollend deren Unvermögen. Das Federtier schien sie auch noch auslachen zu wollen. Es gluckste verdächtig im befiederten Hals.

Elisa sah auf, versuchte, sich in ihrer Fassungslosigkeit zu fassen. Den aufkeimenden Gedanken, dass ihr überhaupt nichts gelingen wollte, verdrängte sie tapfer mit einem Anflug von Galgenhumor. „Ich hoffe doch nicht, dass ich meine Schwester unter den Küken suchen muss?"

„Wäre es denn so schlimm, ein Küken zu sein – auch wenn es vielleicht nur für einen einzigen Tag wäre? Oder traust du deiner Schwester nicht zu, sie könne als Küken nicht auch glücklich sein? Denke nur. Sie alle, sie kommen doch wieder, nur eben in anderer Form. Sie sind nicht allzu lange fort. Selbst die Engel werden mich nach und nach verlassen und müssen ihre Aufgabe auf Erden erfüllen. Sie sind die Schutzengel für euch Menschen – doch auch sie finden nach eurem Tod zu mir zurück."

„Dann hat mein Schutzengel ziemlich geschlampt," bemerkte Elisa trocken. „Ich will aber trotzdem meine Schwester. Nur deshalb bin ich hierauf gestiegen." Elisa sah an sich hinunter, lüftete selbstvergessen ihr Hemdchen, damit die Luft es trocknete. „Auch mir würde es nicht sehr gefallen, im kommenden Winter als Huhn in meine Bestandteile zerlegt zu werden."

„Was deiner Schwester geschah, ist nicht rückgängig zu machen. Deine Martha hat sich schon immer nach dem Schnitter gesehnt. Sie ist zu dem geworden, was in ihr schon immer war. Wenn die Zeit reif ist, werdet ihr euch schon wieder begegnen. Das ist nicht das Problem!"

„Dann war alles umsonst. Die lange Suche nach ihr. All das Übel, das ich ertragen musste. All die Gefahren, die ich ertragen habe. Den Fall in die Sucht. Einen recht schönen Tag auch noch und auf Nimmerwiedersehen!" Elisa machte kehrt und wollte sich zielstrebig entfernen. Mit ihren Blicken suchte sie schon nach der Wolke, die den Weg zu den Trittsteinen kennzeichnete.

„Bleib! Du darfst nicht gehen.“ Der unausgebildete Kamm des großen Huhnes richtete sich auf. Gefieder sträubte sich und begann zu rauschen, wie die Dünung eines Meeres.

„Aber wieso denn nicht? Verdammt noch mal. Ich will nicht bleiben.“ Elisa Stimme drohte in Verzweiflung zu ertrinken.

„Weil du kein Engel bist, noch nicht einmal ein Küken. Du bist nicht, bist nichts und für die Menschen dort drunten auf der Erde wärst du nicht mehr, als ein eisiger Hauch ihres Atems. Du hättest niemals, so wie du bist, zu uns aufsteigen dürfen. Du treibst dahin, hängst hier zwischen den Wolken fest. Du totes Kind. Befreie dich endlich von den Scheuklappen, die deinen Blick einschränken. Das, was du einmal warst, findest du nun dort.“ Die Wolkendecke unter Elisa riss jäh entzwei. Sie sah zur unverhüllten Erde hinunter. Elisa musste sich sehr anstrengen, bevor sie das erkannte, was sie sah. Denn um wirklich sehen zu können, musste sie auch in ihren Erinnerungen forschen, die immer mehr zu verblassen drohten. Sie öffnete ihre Augen, riss diese weit auf, wie ihr geheißen ward, öffnete ihr Herz, welches längst überzufluten drohte, und sah den Wald wieder, den sie mit den eiligen Schritten ihres kurzen Lebens durchmessen hatte, erkannte ihren Heimatort und konnte ganz genau dessen Anfang und selbst das Ende ausmachen. Als Elisa blinzeln musste und ihr Blick töricht zu schwimmen begann, tauchte auch die Schenke wie aus weit entlegenen Nebeln auf. Jener Anbeginn des derben Treibens, das sie durchleben musste, und ihr ganz persönlicher Wegweiser in die Versuchung. Und sie sah auch ihr Elternhaus wieder und den leeren Platz der Schwester in ihm. Der Ursprung aller Qualen, weil Elisa das Leben nicht ehren wollte, als zu ehren es Gebot war, nicht lieben konnte, als sie lieben durfte. Zu spät, viel zu spät. Die Erkenntnis kam viel zu spät. Endlich auch nahm sie den Friedhof des Heimatortes wahr. Der grenzte an der Siedlung, war ein sonst wohl gemiedener Ort.

„Öffne deine Augen und erkenne, was geworden ist“, gackerte das große Huhn. „Dort drunten! Siehst du das Grab deiner Schwester? Aha. Ich sehe, du folgst gleich meinen Weisungen.“ Das große Huhn gurrte zufrieden. „Und gleich daneben, zu ihrer Linken, dort findest du auch das deinige. Nein! Nein! Zucke doch nicht zusammen. Du hast es doch längst gewusst. Fürchte dich nicht! Schau einmal genauer hin. Auf deinem Erdhügel wachsen sogar schon die Schlüsselblumen – noch vom Regen nass. Siehst du das? Ein Hase. Er hat von den Schlüsselblumen genascht. Er rümpft sein Näschen, richtet sich auf, blickt um sich. Schau nur, wie er zittert. Er scheint etwas zu wittern. Vielleicht einen Jäger mit seinem Schießgewehr? Da ist der erwartete Sprung und schon schlägt er Haken. Nun ist er fort. Ein ganzes Jahr ist vergangen. Es ist wieder Frühling.“ Das große Huhn plusterte sich auf, rang um Höhe und liebäugelte anscheinend damit, wieder zum übergroßen Huhn zu werden. „Und je eher du dich damit abfindest, dass es falsch war, mit Männern mitzugehen, die du nicht kanntest, dass es ganz und gar falsch war, Fremden zu vertrauen, und dass es für dich tödlich enden musste, als du nicht erkanntest, dass es noch falscher war, am Totenblumenkraut zu riechen oder davon zu naschen, um so schneller wirst auch du einmal aus einem Ei schlüpfen können.“

„Aber ich habe noch nicht einmal bemerkt, dass ich gestorben bin.“

„Was ist erschreckender“, fragte das große Huhn neugierig, „wenn man weiß, dass man stirbt? Oder aber jene unabänderliche Tatsache erst viel später erfährt, dann, wenn man längst tot ist und bereits alles hinter sich gelassen hat?“

Elisa schluckte, öffnete ihren Mund, um etwas zu erwidern. Doch kein Laut verließ ihre Lippen. Wer verkraftet seinen Tod auch schon, ohne eine Regung zu zeigen? Mit weit aufgerissenen Augen horchte sie auf die stummen Dinge, die um sie herum geschahen.

Ein bleicher Engel, auf einem besonders vollleibigen Pony sitzend, kam angetrabt. Auf dem Rücken des dicken Tieres ruhte ein schlafendes Küken. Der Engel brachte das kleine Pferd zum Stehen und erhob ohne Vorwarnung seine Stimme zum Gesang. Leise Töne waren zu vernehmen. Elisa hoffte, dass das Küken weiter schlief und nicht ebenfalls noch zu singen begann. Die Nerven besaß sie nicht mehr, um auch das noch durchzustehen.

Elisa ging ins Licht,
ein Zurück für sie gibt es nicht.
Das Geweih ist sie los,
doch bleibt das kein Trost.
Auch wenn sie so krumm nicht mehr ist,
das böse Kraut noch an ihrer Seele frisst.
Und der Kopfschmerz nun tief drinnen in ihrem Herzen wühlt,
da sie nun wahre Sehnsucht zur Schwester verspürt.

Nimmer schief im Kopf,
nimmer schief im Rücken.
Doch Kummer und Sorgen niemals ärger drückten.

Man sieht Elisa nicht,
man sieht sie nicht,
man glaubt ihr nicht.
Denn das, was Elisa geschah,
das hält so keiner für wahr.

Das große Huhn stolzierte vor Elisa herum, gab stumme Anweisungen an den bleichen Engel weiter. Der Engel folgte dem Befehl sofort und wendete sein dickes Pony, um das schlafende Küken zu dessen Artgenossen zu bringen. „Ging es dir bei deiner Suche überhaupt um deine Schwester? Wolltest du sie wirklich finden? Oder wolltest du nur von deiner Schuld rein gewaschen werden, weil du dich für ihren Tod verantwortlich fühltest?“ Das große Huhn hob einen Flügel und strich Elisa sanft über den Schopf und gluckste dabei. „Nur weil ihr euch ständig gestritten habt, bist du noch lange nicht Schuld daran, dass sie aus deinem Leben verschwunden ist, denn das hat alleine ihre Krankheit besorgt."

Die Einsicht überwältigte sie. Elisa nickte. Sie verstand nun, dass sie sich nicht nur im Leben verirrt hatte, sondern auch im Tode. Sie konnte es nicht fassen, dass sie nicht mehr zu ihrem alten Leben zurückkehren durfte. Für die Menschen auf der Erde war sie gestorben.

„Nie wollte ich etwas Unerlaubtes tun. Der Tee schmeckte zu gut und er half mir bei meiner Suche." Die Wörter drangen recht kleinlaut aus ihrem Mund. Hilflos hob sie die Schultern, ließ diese wieder sinken. „Ich wollte doch ... wirklich ... nur nach meiner toten Schwester suchen, um an ihr das gut zu machen, was ich ihr in ihrem Leben angetan hatte." Ihre Stimme verkam zu einem weinerlichen Gejammer, in die sich nun eine Priese Bockigkeit mischte. „Ich will noch immer meine tote Schwester finden. Und ich hoffe doch wohl stark, dass du mir die Wahrheit sagst und dass Martha nicht zum Huhn verkommen ist. Ach!" Sie legte die Hände schützend auf ihr Gesicht. „Wieso musste all das auch geschehen?" Eine Träne lief ihr über die Wange und tröstete Elisa mit ihrer Anwesenheit. Augenscheinlich war sie noch zu offensichtlich menschlichen Regungen fähig. Denn obwohl sie tot war, gestattete man ihr, dass sie weinte.

Der Blick des großen Huhnes streifte die kleine Gesellschaft verbliebener Engel neben sich. „Ich dachte, du hättest schon dazu gelernt. Vielleicht aber musst du deinen Blick noch schärfen", meinte es. „Bei einigen dauert es eben länger, als es andauern sollte. Sie sehen bei ihrem ersten Versuch, den Tod zu begreifen, ihn nicht einmal dann, wenn er sich schon in ihrer Nähe befindet. So wirst du auf ein neues Leben warten müssen. Denn erst, wenn man zum Gehen bereit ist, kann daraus etwas Neues beginnen.“ Der große Vogel spreizte sein Gefieder und gackerte unzufrieden. „Ich werde dir eine Wolke geben! Elisa. Eine Wolke, die dir alleine gehören wird, solange du sie brauchst. Sie soll ganz dein eigen sein. Eines Tages wirst auch du dich dann entschließen zu gehen, nur, um wiederkommen zu können. Noch ist es scheinbar nicht soweit. Du wirst dich erst beweisen müssen. Also wirst du meinen Kräutergarten pflegen. Du wirst diesen Garten hegen, ohne der Versuchung ein neuerliches Mal zu erliegen – auch in ihm wächst das Bilsenkraut. Das wird deine Aufgabe sein an diesem Ort. Übe dich in Stärke. Übe dich in Ehrlichkeit und nicht in Selbstbetrug. Du wirst auch deine Schwester wiederfinden, wenn das alles ist, was du noch suchst. Doch noch ist auch dies nicht soweit.“ Das große Huhn, das nichts anderes als eine Henne war, die Eier legte, drehte sich um und ging. Engel, Ponys und Küken, deren Dasein sich in einiger Entfernung erfüllte, folgten der Allmacht in Anstand mit Abstand.

„Ich werde Martha finden!“

Alleine Elisa blieb zurück mit ihrem Trotz. Solange sie nicht erkannte, dass sie schon lange nicht mehr nur um die Schwester und die verlorene Zeit mit ihr trauerte, eine Absolution von dieser erhielt, sondern sich vielmehr selbst verachtete, weil sie ihr Rückgrat an Fremde verlor, sich ihnen zuliebe verkrümmte, bis sie schließlich fast vor lauter Buhlschaft nicht mehr geradeaus laufen konnte – sich regelrecht an die hohen Herrschaften verkaufte für eine Wahrheit, die sie von ihnen nie erfahren hatte –, und sich weiterhin durch ihre unselige Neugierde zu Handlungen verführen ließ, in die sie sich selbst verlor, den berauschenden Tee trank, weil sie ihn bereits brauchte, … solange sie das nicht erkannte, bliebe sie auch nur die Elisa im Wolkenreich, an einer einzigen Wolke reich. Und, um den Tod zu begreifen dazu war Elisa sowieso noch nicht bereit.

Und so sitzt Elisa vielleicht auch noch heute auf ihrer Wolke, beobachtet uns von dort oben, sieht mit brennenden Augen zu, was für Dummheiten wir in unserem Leben anstellen. Welcher Vergehen wir uns schuldig machen, ohne dass sie es verraten dürfte und welche Art von Sühne uns dafür nach dem Tod erwarten wird? Es gab da unten auf Erden so oder so noch genügend schwarze Bilsenkräuter anderer Art, durch die der teuflische Pferdefuß lockte – gern zum Tritt bereit, um Gedanken und Blicke wie Eierschaum zu quirlen und Hirne, Herzen und ihre Seelen bis zum bitteren Ende in unlösbare Knoten zu verwirren.

Und so sangen die Engel in der Ferne, dieses Mal laut und deutlich und für jeden zu vernehmen – insbesondere für Elisa; und Elisa hörte ihnen zu, in ihrer ganzen Hilflosigkeit:

Elisa Wolkenreich.
Weder Küken noch engelsgleich,
sitzt Elisa noch heute auf ihrer Wolke – recht weich.
Voll der Sünden gespickt, die nicht wogen – leicht.
Hätte ihre Lebenszeit auf Erden doch nur ausgereicht.
Denn viel lieber als das, was Elisa nun hat,
ihre Wolke im Wolkenreich und das irdene Grab,
würde Elisa gern wieder recht an ihrem Leben tun.
Denn ist Elisa auch an einer Wolke reich,
über Wolken im Wolkenreich.
So ist ihr Dasein kein Dasein,
und ihr Grab auch kein Grab.
Wer wollte da nicht noch Schicksale wenden?

So sollte das Dasein nicht enden,
so sollte es niemals sein.
Zählten nicht auch die guten Seiten?

Viel mehr sollte für sie übrig bleiben,
mehr noch sollte für sie da sein,
als nur ein großes Huhn,
viele Federn und ein gackernder Berg,
die Last durch die Sucht vom Kraute,
welches ihr die Sehnsucht nach Liebe erlaubte,
und eine Schuld, die Elisa niemals verließ,
weil sie gegen irdene Gesetze verstieß.

Man merke sich:
Oder aber vergesse schnell Elisas Gedicht.
Ein Gewissen, das drückt nieder mit irdenem Gewicht.
Dennoch, wer es besitzt und sein eigen nennen kann,
der trägt, aufrecht gehend, mit Stolz daran.

Denn bedenke stets:
Wer sieht und doch nicht sehen kann,
der wird so enden wie Elisa, irgendwann.

Die es hören sollten, hörten zu und als die Engel verstummten, begann Elisa zu singen und der Gesang klang durchaus nicht mehr falsch. Sie sang erst leise und weil der Schmerz, den sie empfand, übermächtig war, wenn sie an ihre Schwester dachte, wurde sie lauter und immer lauter. Ihr Selbstmitleid bekränzte Elisa noch zusätzlich, wenn sie an ihr künftiges Dasein gedachte. Irgendwann sang sie so laut, dass ihr das Herz in ihrer Brust fast zu zerspringen drohte. Die Tote sang so laut wie sie konnte und niemand hörte sie.

Ende

Epilog für Elisa

Elisa und der Teufelsreigen
Furcht und Zwiespalt ihre Messer reiben,
treiben mit scharfen Spitzen ihr tief ins Genick.
Es brennt und juckt,
es beißt und sticht
und nimmt noch zu – noch viel mehr an Gewicht,
nimmt ihr auf das Leben jegliche Sicht,
bringt Elisas Kopf sogar zum Sinken.

Gefühle werden geschnitten in allzu dünne Scheiben,
denn der Teufel hat sich schwer in sie verguckt.
Und so liegt er auf der Lauer – der böse, böse Bösewicht,
beginnt ihre Zweifel bereits wie kühlen Wein zu trinken,
tanzt, zwirbelt seinen brennend Schwanz.
Und in fader Stille wird voll der Freude schon frohlockt,
denn Elisa hört nicht zu, wenn es heißt:
Lasse ab davon und Tue es nicht.
Das schlechte Gewissen trübt ihr hierfür den Blick,
denn der Tod der Schwester lastet schwer auf ihrem Geschick.
Und tief drinnen in ihrem engen Herzen nistet tatsächlich übel Leid,
welches den Herrn, voll der Niedertracht, mit Stärke lockt.
Und so hält er nur für sie seine List auf Dauer hierzu am Schwären,
lässt ihre Gelüste auf aufstrebender Flamme gären.
Köstlich führt der Teufelskerl dabei mit viel Geschick
seine Hand in bemessener Sanftheit über Elisas Scheitel,
brennt mit viel Elan ihr seinen Stempel mitten auf zerfurchter Stirn.
Damit das Horn auf dem schönen Kopfe weiterhin zur prallen
Pracht gedeihe.
Erstarkt durch Schmutz und Mist, wird durch untröstlichen Kum-
mer gedüngt.
So empfängt sie des Teufels Werk – so empfängt sie seine Weihe.
Jene bodenlose Gehässigkeit ist es, die ihn auch verjüngt

Auch wenn Gottes Zorn schlüge noch mit Macht den Beitel,
bliesen Engel durch Schall und Eifer das himmlische Gebläse,
zürnten auf goldenem Samt, dunkelst graue Wolken,
erschauerte das gesamte Himmelszelt vom ungefügten Getöse
und bliesen wilde Winde auch stürmisch aus dem hohen Norden.
Zu ändern wäre nichts an den durch Missgunst und Hass geborenen Folgen.
Das Gehörn, aus der Verborgenheit erst einmal geschlüpft,
bewegt sich selbst für das Gute niemals mehr,
und obwohl es fehlte nicht an wohlgemeinten Worten,
so fehlte es doch auch an nötiger Gegenwehr.

Das Wissen darum ist dem nichtigen Orte längst ausgerückt.
Und niemand zeigt sich darüber mehr entzückt
als der, der das ewige Feuer in tiefsten Tiefen schürt.
Denn jener hofft doch sehr, dass seine Zeichen
niemals mehr von einmal bepflanzten Stirnen weichen.

So webt er, der diese teuflischen Teufeleien erfand,
Elisa nur noch fester ein, in seinem angesäuerten Zwirn,
nimmt ihr die Gedanken, nimmt ihr sodann das ganze Hirn.
Und so gewinnt der feurige Teufelskerl wohl auch hier,
weil Elisa Gefallen findet im Spiel um das Verderben,
und nicht einmal Furcht empfinden kann, jung zu sterben.

Wohl auch, weil sie jenen Boten des Krautes zu sehr vertraut,
und ihr niemals vor den Folgen ihres Handels graut.
Es brennt die eine Frage auf der Zunge doch so heiß,
da sie nichts von all den Plagen der Antwort weiß,
denkt noch beiläufig, sie ist jung und wird uralt.
So labt sie sich, ohne allzu großen Vorbehalt,
an Unbezwinglichkeiten, an Stängeln, Tee und Bier,
saugt an Verbotenem – an Sünde und noch mehr.

Seelenquäler, Todesbringer, Menschbezwinger.
Jagst liebend gerne die Dummen und die jungen Dinger.
In seinen seichten Verheißungen liegt die heimliche Sucht.
Reicht er doch mit Freimut seinen dunklen Samen – als Genuss,
und diese Gaben wirken leider nicht zu jedermanns Verdruss.
Nur die Schlichtheit seiner Verführungen bringt ihm die feinsten
Siege und selten lenkt er seine Schläge nur mit purer Wucht.
So führt der Teufel in der Stille durchaus seine gefälligsten Kriege.

Prüfe dich nun und denke daran!
Bilsenkraut zieht die habgierigen Geister an.
Und zeigt dir auch, wie man des Teufels Besen reiten kann.
Trete also heran.
Ja! Tritt nur näher,
wenn du deine Wissbegier nicht im Zaumzeug hältst
und du den Schritt ins Leere lieber wählst.

Achte nicht weiter der Klage, schwarz berockter Späher.
Achte lieber auf reine Federn, die vom Himmel treiben.
Lasse die Zeit sich nun getrost ihre behaarten Hände reiben
und Belzebub sich durch sein eigen Leid ins Missvergnügen leiten.

Bedenke:
So ein Leben wiegt in seiner Wagschale nicht allzu schwer
und dein eigenes Wohl sei ihm niemals wirklich Begehr.
Wähle deine Sünden also stets mit Vorsicht und Bedacht!

Bedenke auch, dass das Auge des Teufels immerzu wacht
und vor allem, hüte dich mit geschärftem Argwohn,
wenn jemand hinter deinem Rücken hämisch lacht.

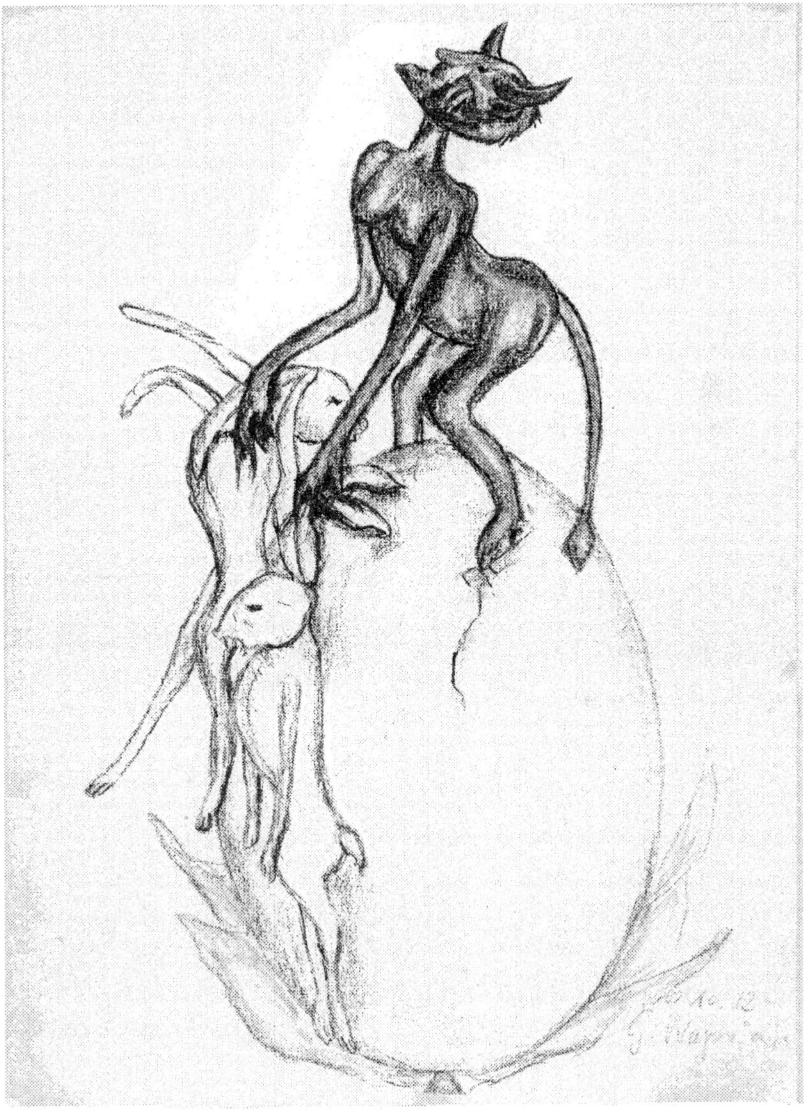

Quellennachweise:

Die große Enzyclopädie der Kräuter/Anbau. Pflege. Verwendung. Jessica Houdret, Kosmos

Lexikon der Heilpflanzen und ihrer Wirkstoffe, Birgit Frohn/Weltbild.

Steinbachs „Großer Pflanzenführer". Weltbild.

http://www.magicgardenseeds.de/HyO02

http://dewikipedia.org

Inhalt